J. ET L. MÉRAND

Notes et Souvenirs

« L'homme n'est jamais seul dans sa peine ou sa joie,
Des témoins, des amis sont là, sans qu'il les voie,
Un regard attentif nous observe en tout lieu,
Le regard de nos morts, après celui de Dieu »

(V. DE LAPRADE, *Le Livre d'un père.*)

MACON

PROTAT FRÈRES, IMPRIMEURS

1917

NOTES ET SOUVENIRS

J. ET L. MÉRAND

Notes et Souvenirs

« L'homme n'est jamais seul dans sa peine ou sa joie,
Des temoins, des amis sont la, sans qu'il les voie,
Un regard attentif nous observe en tout lieu
Le regard de nos morts, apres celui de Dieu. »

(V DE LAPRADE, *Le Livre d'un pere*)

MACON

PROTAT FRÈRES, IMPRIMEURS

1917

A LA MÉMOIRE

DES NOTRES QUI NE SONT PLUS.

MARIE-BERTHE MEILHEURAT

(1845-1916)

« Invoquez-la! Jamais une mère, une sainte,
N'eut dans un cœur plus humble un amour plus profond.
En tous vos jours d'épreuve invoquez-la sans crainte,
Sûrs qu'elle vous écoute et que Dieu lui répond. »

(V. DE LAPRADE, Le Livre d'un père.)

I

CHUIN.

SON ENFANCE ET SA JEUNESSE.
(1845-1870)

La famille Meilheurat.

'EST dans un coin tranquille et choisi du Brionnais qu'est née notre mère. Quand, des plaines de la Loire, par la pittoresque coupure que surplombe depuis des siècles le massif donjon de Semur, on remonte vers l'intérieur du plateau vallonné où les bœufs blancs s'engraissent, on arrive d'abord à une lisière de bois d'où le regard charmé domine et embrasse l'ensemble de ce beau pays. De Sainte-Foy à Saint-Julien-de-Cray, la route solitaire traverse ce rebord, longue allée de chênes dont les clairs ombrages semblent un incessant appel à la méditation. A mi-chemin, tout devient plus tranquille encore, et l'on ne tarde pas à rencontrer la Croix du Corot, carrefour de sentiers où les taillis sont plus touffus et les arbres plus magnifiques. Enfin, on aperçoit sur sa gauche, cachée au milieu des sapins, une demeure simple, mais respirant l'aisance : c'est Chuin.

Les hauteurs de Chéras et d'Heurgue, ses voisines du nord, la préservent, tant bien que mal, les mois d'hiver, des âpres morsures de la bise. En face, au premier plan du paysage, séparé des maisons du hameau par des pentes assez raides, mais coquettement assis autour de son vieux clocher roman, le petit bourg de Saint-Julien. Puis, de l'est au sud, depuis le castrum féodal de Dun jusqu'aux pays d'Auvergne, à travers les dentelures du Beaujolais et de la Madeleine, s'ouvre, à perte de vue, le plus gentil des horizons, comme savait en rencontrer la perspicacité de nos ancêtres pour le charme toujours nouveau de leur nid de famille.

C'est là, loin des bruits du monde, qu'au milieu du XVIIIe siècle, était venue s'établir une branche des Meilheurat.

A s'en tenir à une tradition conservée chez nous, elle serait d'origine italienne, rattachée à un neveu du pape Innocent VII. De fait, les documents de l'histoire pontificale appuient assez sérieusement cette croyance pour qu'on y voie autre chose qu'une fantaisie généalogique, basée sur une simple similitude de noms. On nous pardonnera donc d'en transcrire ici le résumé succinct :

« Le 17 octobre 1404, le vieux cardinal Cosmat dei Megliorati, d'une famille originaire de la patrie d'Ovide, Sulmone dans l'Abruzze, fut élu pape par le conclave réuni à Rome. La situation était difficile. Non seulement le nouveau pontife avait à régler, pour la paix de l'Église, l'épineuse affaire du schisme d'Avignon, ses sujets de Rome, toujours en quête d'indépendance, lui donnaient encore leur bonne part de soucis. Dès après son élection, il avait été réduit à leur concéder, par un traité en règle, les plus larges franchises municipales. Un sénateur devait exercer toute juridiction sur les affaires de la ville, et sept officiers, élus et en charge pour deux mois, s'occuper de ses finances. On les appelait les Régents de la Chambre.

« Ce traité, remarque Fleury, semble difficile à accorder avec la souveraineté du pape. Pourtant, il ne réussit pas à satisfaire les exigences des Romains. Chaque jour, dit l'histoire, les Régents de la Chambre faisaient au pape quelque nouvelle demande. Innocent VII, naturellement bon et pacifique, eut pour eux toute la complaisance qu'il put. Mais enfin ils lui firent par malice des demandes si déraisonnables qu'il leur répondit en colère : « N'ai-je pas fait tout ce que vous avez voulu ? Et que puis-je faire davantage ? Voulez-vous encore le manteau que je porte ? »

« Ne pouvant donc leur faire entendre raison, il fut contraint de tenir toujours prêts pour sa garde un grand nombre de gens de guerre logés dans le bourg Saint-Pierre, et qui lui coûtaient peut-être plus à entretenir que ne lui valait sa dignité... Le pape avait aussi un neveu, nommé Louis Megliorati, âgé de 30 ans, hardi et entreprenant. Il portait très impatiemment la manière dont les régents traitaient le pape son oncle.

« Le 5 août 1405, au matin, les Régents, accompagnés de quelques Romains, vinrent au palais parler au pape, prétendant s'accommoder avec lui. Ils conférèrent longtemps sans rien conclure, et sortirent du palais vers l'heure du dîner avec quelques cardinaux. Ils étaient encore au bourg Saint-Pierre et près de l'hôpital du Saint-Esprit, quand Louis Megliorati, qui y était logé, les fit arrêter par ses satellites armés et se les fit amener de force. On en prit onze, parmi lesquels étaient deux des Régents. On les fit tous monter dans une chambre où on les dépouilla, on les massacra, et on jeta les corps dans la rue où ils demeurèrent jusqu'au soir. »

On comprend qu'après cette exécution sommaire, l'énergique neveu d'Innocent VII resta peu sympathique aux Romains.

Le pape, « merveilleusement affligé du massacre, continue l'histoire, levait de temps en temps les yeux au ciel comme pour prendre Dieu à témoin de son innocence. » Il fut obligé de quitter Rome, mais il y rentra bientôt, car, en ces temps de guerres civiles en permanence, pareils procédés étaient courants dans la plupart des cités italiennes. C'était l'époque où, en pleine rue Barbette, le duc de Bourgogne faisait assassiner le duc d'Orléans et qu'un savant docteur justifiait cet acte dans une argumentation en règle. Louis Megliorati revint donc auprès de son oncle et resta son bras droit. Malheureusement pour lui, le vieux pontife mourut le 6 novembre 1406, et cette fois le séjour de Rome aurait risqué de devenir dangereux à sa famille.

Elle vint donc s'établir en France, et, dès le xvᵉ siècle, nous en trouvons une branche implantée en Bourbonnais.

Le premier Meilheurat serait venu s'établir à Melleray en Bourbonnais au commencement du xvᵉ siècle : il y aurait été tabellion ou simplement écrivain public. Depuis lors ce fut une famille dont le nom se trouve dans beaucoup d'actes de la région bourbonnaise, du xviᵉ au xxᵉ siècle. Nous lisons dans les registres de Saint-Martin d'Estreaux (acte du 24 mars 1739) : « Est marraine demoiselle Françoise Meliorat. » Cette orthographe, qui rappellerait l'origine ultramontaine du nom, se modifie petit à petit, et dans un autre acte du 23 juin 1780, nous trouvons indiquée comme marraine : « Jeanne Beauchamp[1], veuve de Jean Meilheurat, sieur de Grobois, seigneur de Montcombroux. »

Au mariage célébré à Grobois, le 20 août 1751, d'une fille de Jeanne Beauchamp avec M. Bayons, signent au contrat le marquis d'Aligre et le comte des Ulmes de Torcy.

Deux Meilheurat, un de la branche des Petiots, et un de celle des Champouret, « furent conseillers du roi, greffiers en chef de l'élection de Moulins ; ils reçurent, le 2 mai 1761,

---

1. Jeanne Beauchamp, fille de Philibert Beauchamp et de Jeanne Ravier, était originaire du Brionnais, de Jonzy, ce poitique de Saint-Julien-de-Clay, Jonzy, site de rêve pour les villégiatures estivales, avec la solitude de la campagne et des grands prés. Elle avait épousé Jean Meilheurat, fils aîné de Jean Meilheurat des Simonet et de Jeanne Deguet de la Pousserole, puis, à la mort de son mari, elle se retira à Saint-Martin d'Estreaux et y mourut en décembre 1788, chez sa sœur Mᵐᵉ Douniol de la Tour.

C'est son beau-frère, Jean-Marie Meilheurat, qui épousa Claudine Vernay et fut le premier des Meilheurat de Chum.

des provisions, et gardèrent cette charge jusqu'en 1785. Par lettres patentes données à Versailles, le 8 juin 1785, signées Louis, lettres d'honneur et de vétérance, ils eurent le droit de se qualifier en tous temps et en tous lieux conseillers du roi. »

Sous Louis XVI, deux membres de la famille furent délégués par le Tiers État pour élire les députés des États généraux, et un petit-fils d'un de ces délégués fut député sous Louis-Philippe, directeur, au ministère de la justice, des affaires criminelles et des grâces : son nom faisait autorité à Moulins à une époque où c'était l'élite intellectuelle qui dirigeait les affaires.

Une branche des Meilheurat, les Meilheurat des Pruraux, furent régulièrement anoblis en 1815.

Tel est, sans parler des Meilheurat qui furent curés de Montpeyroux, de Melleray, de Mercy, le livre d'or de la famille Meilheurat. De ses origines ultramontaines, comme de toutes les origines, ordinairement mystérieuses, il est cependant permis de douter.

Il semble, en effet, que les Meilheurat étaient en Bourbonnais bien avant le xve siècle. M. Meilheurat de Montcombroux possède un terrier daté de 1450. Nous y lisons : « Simon, Blaise et Pierre Meilheurat, paroissiens de Melleret, à cause de leurs propriétés d'Huillaux et de Melleret qu'ils tiennent de leur aïeul. »

A la fin du xive siècle, les Meilheurat habitaient et possédaient donc des propriétés sur cette terre bourbonnaise, où ils se sont succédé jusqu'à nos jours. En 1550, un Meilheurat épouse Catherine Petiot et vient habiter aux Petiots, propriété qui appartient encore à la famille. En 1715, elle compte sept garçons : un reste aux Petiots, un autre va à Grobois, près le Donjon, et voit un de ses fils, Jean-Marie Meilheurat, épouser, vers 1759, demoiselle Claudine Vernay, dont la famille possédait Chum depuis nombre d'années, puisque, dès 1650, y habitait déjà son trisaïeul Amblard Vernay.

Jean-Marie Meilheurat dut s'occuper de ses propriétés et de celles de son épouse. Son fils, Jean-Pierre, né en 1760, fit ses études de droit, et, dès 1788, il exerçait les fonctions de notaire. Son premier acte est du 13 mai, et, depuis lors, beaucoup d'actes de la région portent sa signature. Ses services étaient très appréciés, puisqu'à ses fonctions de notaire s'ajouta le titre de maire de la commune de Saint-Julien-de-Cray. Il exerça cette charge honorifique pendant les jours troublés de la Révolution et sous le premier Empire : dans nos campagnes isolées l'agitation se faisait moins sentir, et, d'ailleurs, les services qu'il rendait à son pays d'adoption étaient pour lui la meilleure des sauvegardes. Après les Cent Jours, il fut remplacé dans sa charge de maire par M. Charles Laurent, le premier Laurent qui ait habité Jonzy et son château à la suite de son mariage avec la fille unique de M. Beauchamp, une des familles les plus respectables du pays, amie et alliée de la famille Meilheurat. Quelques années après, M. Laurent étant devenu maire de Jonzy, ce fut M. Trouillet d'Heurgue, qui fut élu maire de Saint-Julien. Il était le beau-frère de M. Jean-Pierre Meilheurat. Ce dernier, après avoir résilié ses fonctions de maire, continua à exercer sa charge de notaire. De son mariage avec demoiselle Louise, dite Delphine Grandjean, il eut, en 1819, un fils à qui furent donnés les prénoms de Agoire-Goerick-François. Ce devait être le dernier des Meilheurat de Chuin. Son père mourut le 13 avril 1828. Jusqu'au bout il avait tenu à exercer sa charge : le 7 mars, il signait encore un acte. Il accompagnait un de ses clients dans le chemin d'Heurgue, lorsqu'il tomba frappé d'une attaque d'apoplexie ; il mourut la nuit suivante sans avoir repris connaissance. Le 22 août 1831, sa veuve épousait en secondes noces M. Granger, clerc de son mari.

François Goerick Meilheurat eut une jeunesse assez triste. De bonne heure il connut l'épreuve, obligé qu'il fut de prendre la défense de ses intérêts contre la mauvaise gestion de ceux qui en avaient la garde. Tenu aux économies pour maintenir intact l'héritage paternel fort compromis malgré les efforts de son tuteur et cousin. M⁰ Meilheurat, notaire au Donjon, il demeura toujours avec ces habitudes parcimonieuses qu'on eût pu prendre pour de l'avarice, mais qui, garantie pour l'avenir matériel des familles, sont une qualité à côté du défaut contraire.

Le 16 février 1841, il épousa, à Cronat-sur-Loire, sa cousine, Benoîte-Alexandrine Jourdier, fille d'un gros fermier général, et d'une demoiselle Meilheurat de la branche des Meilheurat des Petiots. Son beau-père Jourdier avait une nombreuse famille, et Benoîte-Alexandrine avait été envoyée à Saint-Martin-d'Estreaux chez une sœur de son père, mariée avec M. Alexandre Perret. Cet oncle et cette tante n'avaient pas d'enfants; ils adoptèrent leur nièce et filleule, la gardèrent auprès d'eux, et, à son contrat de mariage, lui léguèrent tous leurs biens.

C'est de ce mariage que naquit, le 6 décembre 1845, celle dont ses fils veulent conserver le souvenir dans la famille. Deux sœurs l'avaient précédée, Léonie et Zélie; un frère devait naître après elle, le 29 février 1851 ; mais, à la grande douleur de la famille, de son père surtout qui voyait s'éteindre en lui la branche des Meilheurat de Chuin, il ne vécut que six mois. Marie-Berthe ne fut baptisée qu'un mois après sa naissance.

Ce fut jour de fête dans la demeure de Chuin. Reportons-nous à l'acte de baptême : « Le 5 janvier 1846, a été baptisée, née du 6 décembre dernier, Marie-Philiberte, fille légitime de M. François-Goërick Meilheurat, et de Benoîte-Alexandrine Jourdier, propriétaires à Saint-Julien-de-Cray. Son parrain a été M. Jean-Pierre-Marie-Gilbert Meilheurat, cousin du père, domicilié à Saint-Léon, et la marraine, Philiberte Jourdier dame Perret, tante de la mère, soussignés avec moi ».

Suivent les signatures de M. André, curé de la paroisse, de la marraine, du parrain, et des ascendants Meilheurat et Jourdier.

Ce Jean-Marie Meilheurat, de la branche des Meilheurat du Bourbonnais, était un proche parent et l'ami par excellence de la famille. Son père avait épousé la sœur du grand-père paternel de l'enfant, Jeanne-Françoise Meilheurat, femme de tête, qui sut faire prospérer les biens de son mari et dont le souvenir s'est conservé chez nous comme celui d'une femme de haute valeur. Au château de Montcombroux, qui appartient à son arrière-petit-fils, son portrait occupe une place d'honneur parmi les portraits des anciens de la famille.

M. Jean-Marie Meilheurat mourut en 1867. La propriété des Petiots et le château de Seu, à Saint-Léon, sont la propriété de ses descendants.

Marie-Philiberte, plus connue sous le nom de Berthe qu'elle porte sur les registres de l'état-civil, passa sa première enfance à Chuin. Sa santé, déjà délicate, nécessitait des soins spéciaux. A l'âge de cinq ans, on résolut de l'envoyer à Saint-Martin-d'Estreaux, auprès de l'oncle et de la tante Perret, dont nous avons déjà écrit plus d'une fois le nom.

M. Alexandre Perret appartenait à une famille originaire du Brionnais.

Cette famille, au XVIIe siècle, se partageait en deux branches principales : l'une habitant Ligny, l'autre domiciliée à Semur.

En 1642, mourait aux Sertines, paroisse de Ligny-en-Brionnais, Claude Perret, procureur fiscal de la seigneurie de l'Étoile, marié à Benoîte Raquin. Il avait plusieurs enfants. L'un d'eux, Claude, marié à Pierrette Polette, fille d'un notaire de Saint-Christophe-en-Brionnais, succéda à son beau-père dans sa charge et fut aussi juge de Saint-Christophe-en-Brionnais et de la baronnie d'Oyé, lieutenant du comté de Chamion, l'Étang et la Tour de Villeret. Un de ses fils, Marc-Hilaire Perret, épousa Jeanne Auclerc, fille d'un notaire de Curbigny et fut juge-châtelain du Bois-Sainte-Marie. Il eut sept enfants. L'un d'eux, Guillaume, né en 1711, acheta, en

1737, la charge de lieutenant-général au bailliage de Semur-en-Brionnais et se maria, en 1743, à Françoise Perret, de la branche des Perret de Semur. Leur fils, Gilbert-Marie Perret, fut le dernier lieutenant au bailliage de cette ville. La famille s'est perpétuée jusqu'à nos jours. Elle est représentée actuellement par Mme la baronne de Courtenay, fille de M. Frédéric Perret de la Vallée, qui habite avec son fils, M. Robert de Courtenay, le château de la Vallée-sous-Semur.

Françoise Perret était la petite-fille de Laurent Perret. Ce dernier, né en 1653, était, vers 1680, avocat du roi au bailliage de Semur-en-Brionnais. Il épousa Marie de la Ronzière de la Douze (fief et château près de Charlieu). Ils eurent plusieurs enfants, dont : 1° Jeanne Perret, mariée, en 1721, à Barthélemy Vallet des Rollets, bourgeois de Saint-Martin-d'Estreaux ; 2° Jean-Marie Perret, marié, en 1725, à Marie Marque du Coin ; 3° François Perret, chanoine-chantre de la Collégiale Saint-Hilaire de Semur, et 4° Gilbert Perret, né en 1686, bourgeois de Semur, marié, en 1721, avec Adrienne Maillyer, fille de Jean Maillyer, commissaire à terriers à Semur, et d'Antoinette Demolins. Ils eurent plusieurs enfants, dont Françoise Perret, née en 1723, mariée, nous venons de le voir, à Guillaume Perret, lieutenant-général au bailliage de Semur, et Gilbert Perret, né en 1726, et marié en 1751 à la fille du maître de poste de Saint-Martin-d'Estreaux. « Mariage, dit un acte de cette paroisse du 16 novembre 1751, de Gilbert Perret, avocat, fils d'autre Gilbert Perret, bourgeois de Semur, et de dame Adryenne Maillyer, avec d^lle Gilberte Vallet-Cathelot, fille de François-Marie, avocat, écuyer, tenant la poste de Saint-Martin d'Estreaux, et de feue Marguerite Bourrachot, fait en présence d'autre G. Perret, lieutenant général au bailliage de Semur. » A la mort de M. Vallet-Cathelot, Gilbert Perret succéda à son beau-père dans les fonctions importantes de maître de poste à Saint-Martin, par brevet du roi du 15 décembre de la même année 1773, qui le

déclarait écuyer et noble. Il eut une nombreuse famille. D'un
acte de partage reçu par M⁰ Puyplat, notaire public à Saint-
Martin-d'Estreaux, le 28 mai 1806, en la maison de Mᵐᵉ veuve
Douniol-Deschamp, il résulte que M. Gilbert Perret eut six
enfants. Deux noms sont pour nous à retenir : ceux de François-Marie Perret et de Jean-Marie Perret d'Hauteval, ainsi
appelé du nom de la partie du domaine de Hauteval qui
appartenait à la famille.

Hauteval est un des sites merveilleux du Brionnais : situé
sur la commune de Saint-Julien-de-Cray, on y accède par le
chemin qui fait vis-à-vis au chemin de Chuin. Son nom
indique que de là la vue s'étend sur la vallée de Semur, dont
la vieille tour et l'église, renfermées dans ce qui reste des rem-
parts, forment un fond de paysage des plus pittoresques, une
vision du passé, en même temps qu'à l'horizon, au delà de la
vallée de Marcigny, se dessinent les derniers contreforts de la
Madeleine : c'est un paysage varié de prairies, de bois, de
champs et de vignes.

Jean-Marie Perret d'Hauteval épousa, en brumaire de l'an II,
Catherine Lelièvre-Duchêne, propriétaire de Morlot ou Mour-
lot, ancien fief, situé commune de Saint-Pierre-Laval, à
quelque distance de Saint-Martin-d'Estreaux. Catherine
Lelièvre était la fille d'Hélène Rigollet, elle-même nièce et
héritière de Mᵐᵉ Rivière de Morlot, née Françoise de Cor-
mières. La propriété appartient encore à des descendants de la
famille Perret.

Un autre souvenir qui se rattache à la famille de Jean-
Marie Perret d'Hauteval est celui d'un de ses fils, M. Auguste
Perret. Il habita de longues années la grande maison proche
de la cure où était morte à l'âge de 102 ans (mai 1737, mars
1839) la centenaire de Saint-Martin-d'Estreaux, Pierrette
Vallet-Cathelot, veuve Douniol-Deschamp. Il avait épousé
Benoîte-Hortense Lépine, de la même famille que celle de
l'ancien préfet de police. Cette famille Lépine, par son

influence et la considération dont elle a joui, a tenu une grande place chez nous.

Quant à François-Marie Peiret, propriétaire de la maison paternelle de Saint-Martin-d'Estreaux, il eut, de son mariage avec Marie-Louise-Henriette Meilheurat [1], plusieurs enfants, dont Jean-Marie-Alexandre, ancien percepteur à Droiturier, qui avait quitté Ande, lieu de résidence de la famille, pour habiter Saint-Martin-d'Estreaux où il vivait avec Alexandrine Jourdier, son épouse.

C'est dans cette maison hospitalière, où sa mère avait vécu toute sa jeunesse, que Marie-Berthe allait passer son enfance de 1851 à 1858, au chevet de la vieille église, à l'ombre du clocher qui domine la plaine.

L'oncle Peiret était la bonté même. La meilleure preuve en est dans le témoignage de ses chefs. La famille possède une lettre où un de ses supérieurs, inspecteur des finances ou trésorier-payeur quelconque, menace de le révoquer parce qu'il ne met pas assez de zèle à recouvrer les impôts. Il lui répugnait de pressurer les contribuables. Aussi abandonna-t-il ses fonctions de bonne heure. Sous une apparence de rudesse, il cachait un bon cœur et aimait beaucoup les enfants dont il se faisait accompagner volontiers dans ses parties de pêche. Certaine personnalité du monde littéraire se souvient, non sans une certaine saveur, avoir été du nombre de ces heureux. Nous ne pouvons mieux faire que de citer ses paroles : « Il aimait beaucoup les enfants et les emmenait volontiers dans ses parties de pêche ; cette bonne chance m'est arrivée plus d'une fois, comme aussi d'aller faire le polisson et manger des groseilles dans son jardin. »

L'oncle fut bon aussi pour sa nièce. Elle aimait à se le rappeler, la prenant sur ses genoux, lui faisant manger quelques cuillerées de soupe dans une énorme écuelle à

1. Marie-Louise-Henriette Meilheurat était fille de Jean Meilheurat et de Jeanne Beauchamp de Jonzy, dont nous avons parlé précédemment.

oreilles dont le souvenir était resté fixé dans son imagination d'enfant. La tante, plus autoritaire, aimait sa filleule, mais en se faisant craindre d'elle. Malgré tout, la vie était plutôt triste et solitaire auprès de son oncle et de sa tante. Sans doute, du jardin la vue était fort agréable. C'était la campagne, une pièce d'eau bordée de peupliers, et, par delà, la montagne de Jard et ses bruyères. Mais l'entrée était lugubre avec cette vue du vieux cimetière qui ne devait être désaffecté que plus tard. Ce n'est pas que Saint-Martin manquât de vie et de mouvement. C'était l'époque de la construction de la ligne de chemin de fer et du tunnel que notre mère vit creuser complètement, on peut bien le dire. Commencé en 1851 par l'État, ce tunnel fut achevé en 1858 par la Compagnie d'Orléans. L'inauguration fut pour Saint-Martin une grande fête, et, après une bénédiction solennelle suivie d'un banquet, le service commença le 1er juin 1858; peu après la Compagnie d'Orléans cédait au P.-L.M. la section de Saint-Germain-des-Fossés à Roanne. Cette construction avait été pour le pays une source de richesse. Il avait fallu loger à l'étroit dans la demeure de l'oncle et de la tante Perret, qui avaient loué à des ingénieurs une partie de leur maison.

A l'âge de douze ans, en 1858, Marie-Berthe fut envoyée au pensionnat de Saint-Laurent-en-Brionnais, dirigé par sœur Céleste, éducatrice de valeur, femme de cœur et de tête, vraiment supérieure. Dans cette maison, où, pendant presque un siècle, une bonne partie des jeunes Brionnaises de famille aisée se sont formées à la science du ménage et à la pratique de la vie chrétienne, notre mère, de 1858 à 1862, passa les meilleures années de son existence. Ce furent pour elle des années heureuses, dont elle aimait à évoquer le souvenir, au milieu de cette campagne qui lui rappelait la sienne, au pied de la vieille église romane. Sa santé déjà maladive empêchait ses maîtresses de la pousser, autant qu'elles l'auraient voulu, dans la voie du travail; mais elle se forma au goût des travaux pratiques, et, par-dessus tout, à l'amour de Dieu. Aussi elle aimait les livres et les cahiers qui lui rappelaient ces chers souvenirs.

Au sortir de Saint-Laurent, en 1862, on l'envoya passer quelque temps à Saint-Martin, mais elle préférait Chuin.

C'est qu'en effet cette demeure était la maison rêvée de la solitude et du grand air. Sa vaste cuisine, noircie par les ans, avec sa cheminée immense, ses vieux chenets de fer, ses meubles antiques, héritage de famille, avaient leur cachet d'art. Tout, dans la maison, avait son histoire, depuis « la plaque [1] » qui avait servi au grand-père Meilheurat à ranger ses actes notariés et où l'on montrait les grands placards, épave de l'office du château de Chamron, « jusqu'au « fournier » où se faisaient les travaux plus ordinaires de la campagne, même le jardin, où vers le fond, d'un côté le pigeonnier, de l'autre « la tonnelle de charmilles » encadraient la colline qui porte si coquettement le bourg et l'église de Saint-Julien. Elle y respirait l'air de la famille auprès de ses deux sœurs et de ses parents. Son père, tout en s'occupant de faire valoir ses propriétés, réservait une large part pour la vie d'intérieur. C'était une figure vraiment originale que celle du propriétaire de Chuin pendant plus de soixante ans, de 1838 à 1901 : profil ascétique, nez saillant, face émaciée, économie tant soit peu parcimonieuse. Petit à petit il agrandit son domaine. C'était pour lui un plaisir d'aller jusqu'à l'étang placé de l'autre côté du chemin ; là, s'arrêtant, il considérait, avec l'amour du terrien pour le fruit de ses labeurs, ce qu'il voyait ou croyait voir de ses propriétés foncières. Son épouse, Alexandrine Jourdier, était une femme soigneuse, une de ces ménagères, qui, aussi longtemps que les forces le leur permettent, aiment à entrer jusque dans les moindres détails et partout portent l'œil et la main de la maîtresse de maison.

---

1 Petite pièce adossée à la grande cuisine et ainsi appelée à cause de la plaque de fonte formant séparation entre les deux pièces.

Très distinguée cependant, elle savait en imposer à ceux qui fréquentaient la demeure de Chuin.

En 1866, Marie-Berthe se vit séparée de ses deux sœurs. Leur contrat de mariage est du même jour, 23 avril 1866. L'aînée, Léonie, épousa M. Jean-Marie Nigay, homme de valeur, à qui revenait l'honneur d'avoir fondé, avec le concours de son frère et de M. Ray, une importante féculerie à Feurs dans le Forez et qui eut dans cette gentille petite ville assez d'influence pour en être de longues années le maire et le guide de ses embellissements. La seconde, Zélie, épousa M. Théodore Colin, ingénieur habile, d'une intégrité irréprochable, inventeur de plusieurs appareils, qui, après des jours difficiles, grâce à sa probité et à son intelligence, devint directeur technique d'une des usines d'apprêts de Tarare.

Après le mariage de ses sœurs, Marie-Berthe alla plus souvent à Saint-Martin. L'oncle Perret était mort le 14 avril 1864, à l'âge de 77 ans, et la tante Perret était heureuse d'avoir auprès d'elle sa filleule. Ce fut l'occasion de son mariage.

Sur la place du bourg de Saint-Martin-d'Estreaux, habitait aussi, dans une maison de belle apparence, M. Théodore Mérand, inspecteur des prisons de la Seine. Il recevait souvent chez lui un officier de la garde impériale, son frère, le capitaine Mérand, qui, bientôt après, devait être nommé commandant. En 1869, les premières démarches furent faites pour ce projet de mariage. Il aboutit et, le 28 juin 1870, le commandant Mérand était fiancé à Marie-Berthe Meilheurat. La tante Perret ne put être de cette fête de famille : elle venait de mourir, le 27 juin 1869, laissant tous ses biens à la famille de sa nièce et filleule.

II

SAINT-MARTIN-D'ESTREAUX.

SON MARIAGE.

(1870-1888)

La famille Mérand.

A famille Mérand, dont nous venons de parler, est originaire du Dauphiné. Quel magnifique berceau, quel pays aux sites merveilleux que cette grandiose et majestueuse nature du Dauphiné : la vallée du Grésivaudan et les châteaux bâtis sur les flancs escarpés de ses montagnes, les panoramas pittoresques des environs de Grenoble, l'Isère et son cours à travers une vallée taillée à pic, les abrupts rochers qui dominent les fougueux torrents du Drac et de la Romanche, les pitons du Vercors, la flèche du mont Aiguille, la guette de Saint-Maurice de Vienne, le château d'Uriage, la Grande-Chartreuse, les montagnes de Belledonne et leurs glaciers alpestres !

Le souvenir le plus lointain de la famille est celui qui se rattache au château Bayard, la demeure du Chevalier sans peur et sans reproche. Ses derniers vestiges se dressent tout au haut d'un coteau avec la vue sur la vallée du Grésivaudan, sur les torrents écumeux, sur des monts crénelés comme des bastilles et toujours couronnés de neiges. La famille Mérand serait apparentée avec les Bayard, avec les du Terrail. Nos anciens l'ont entendu répéter dès leur jeune âge par leurs ancêtres à eux, tous sont unanimes à le certifier : « Bayard, nous écrit l'un d'entre eux, est une trop grande gloire pour nous pour que nous ne fassions pas ressortir tous nos droits à cet honneur. »

C'est dans ce site merveilleux, tout près de Grenoble, à Saint-Martin-d'Hères, que naquit le père de celui qui devait être notre père : « Le 29 novembre 1781 a été baptisé, dans l'église paroissiale de Saint-Martin-d'Hères, Antoine-Joseph, né hier, fils de Jean Mérand, laboureur, au château de la Plaine, même paroisse, et de demoiselle Catherine Gonnet. » Suivent les signatures, celle du père de l'enfant, d'une écriture très ferme, d'un autre Mérand, du P. Nicaise Argond, religieux minime de la Plaine, et du curé. Ce religieux appartenait sans doute au monastère de la Plaine, où reposèrent longtemps les restes du chevalier Bayard. A quel titre la famille Mérand était-elle au château de la Plaine ? Il est difficile de l'établir.

En tous cas, la famille possédait une propriété à Saint-Martin-d'Hères. M. Bouchet, qui, pendant de longues années, a exercé les fonctions de secrétaire de la mairie, se souvient avoir entendu souvent désigner quelques mas sous le nom de « champ Mérand ». D'après M. Combe-Laboissière, maire d'Ambonil, un proche parent de la famille, les Mérand, avant la Révolution, avaient le monopole du transport des bois du Haut Dauphiné par radeaux sur la rivière de l'Isère; ils avaient une fortune considérable, mais la révolution de 93 et la dépréciation subie par les assignats fut pour eux un désastre financier dont ils mirent de longues années à se relever.

Catherine Gonnet, épouse de Jean Mérand, était originaire de Grenoble, comme d'ailleurs la famille Mérand. Une miniature d'une grande finesse, encadrée dans un joli médaillon de vermeil, pièce curieuse, au dire des antiquaires, la représente dans un costume et une tenue qui dénotent une famille aisée. Cette famille Gonnet était une des familles importantes du pays, et le cadastre de 1768 relate plusieurs familles Gonnet. C'est, paraît-il, un membre de cette famille qui a contribué pour une large part au développement de l'industrie gantière à Grenoble. ,

Antoine-Joseph dut passer sa jeunesse à Saint-Martin-d'Hères. Mais la Révolution obligea la famille à s'éloigner de Grenoble, et, le 20 nivôse an VII (9 janvier 1799), par devant Nicolas Millioz, président de l'administration municipale du canton de Saint-Christophe, il épouse Agathe-Éléonore Dubessey, à Entre-Deux-Guiers, près des Échelles, dans le cadre grandiose et pittoresque de la Grande-Chartreuse.

Agathe-Éléonore Dubessey était originaire de Charlieu [1], vieille ville monastique avec son prieuré bénédictin et son couvent des Cordeliers, bâtie sur les rives du Sornin aux eaux poissonneuses, dans une vallée fertile et bien abritée :

« Agathe, fille du sieur Nicolas Genest Dubessey de Cachart [2] et de demoiselle Agathe Terrey, ses père et mère, née de ce jour, a été baptisée, dit son acte de baptême, dans l'église paroissiale de Charlieu par moi, vicaire dudit lieu, soussigné, le 28 janvier 1782. »

1. Son père, Nicolas Genest du Bessey de Cachart, né à Saint-Just-en-Chevalet, avait épousé a Charlieu, en mai 1777, Agathe Terray, fille de Jean-Claude, entreposeur de tabacs, et de Madeleine Matray. De ce mariage était né, le 26 octobre 1780, à Iguerande (S.-et-L.), Louis-Alexandre-Emmanuel du Bessey, qui épousa a Lyon, le 3e complementaire de l'an XI, Jeanne Ballet, fille de Jean-Marie et d'Helene Blanchon, et exerça, de longues années, la medecine a Saint-Martin-d'Estreaux. Agathe devait voir le jour deux années apres a Charlieu.

2. Nous lisons dans les registres de la paroisse de Saint-Just-en-Chevalet, déposés au greffe du tribunal civil de Roanne :

« L'an 1754 et le 16e du mois de mars, je soussigné, curé archiprêtre de Saint-Just-en-Chevalet, ay baptise Nicolas Genest, fils légitime de Joseph-Hector Dubessey, receveur des fermes du roi, et dame Louise Desgouttes, ses père et mere, demeurant audit Saint-Just, ne aujourd'hui. Son parrain a été Mre Nicolas Genest Dubessey, écuyer, seigneur de Contenson, demeurant à Roanne, et sa marraine Dlle Marguerite Dubessey, demeurant audit Saint-Just, qui ont signé

Les sombres jours de la Révolution durent obliger la famille à quitter Charlieu pour les sites retirés du Dauphiné et de la Savoie. M. Dubessey aurait pris du service dans l'armée à titre de chirurgien, à Chambéry. C'est ce qui expliquerait le titre de médecin qui lui est donné dans un acte de Saint-Martin, ainsi que la présence de sa fille à Leymenc, au couvent de la Visitation de Chambéry, et son mariage à Entre-deux-Guiers. Lorsqu'elle se maria, en 1799, les sinistres jours de la Terreur avaient pris fin, mais il était encore prudent de supprimer toute particule nobiliaire. Ce n'est qu'en 1856 qu'un acte de la mairie de Valence, daté du 13 février, lui rendit la sienne. C'était une femme d'une grande beauté. Une miniature conservée dans la famille la représente en toilette de soirée; elle fait le pendant de la miniature de la grand'mère Mérand.

Antoine-Joseph Mérand avait un frère et deux sœurs. Son frère, Eugène, d'abord régisseur du château Bayard, à Pontcharra, devint, après son mariage à Valence, régisseur de la maison Mac-Carty, d'origine écossaise, qui possédait dans la région un fort beau château et de nombreuses dépendances.

De ses deux sœurs, l'une, Marie, épousa M. Roullet, et la seconde, Louise, épousa J.-B. Jacquemond, arrière-grand-père de M. Combe-Laboissière, maire d'Ambonil, près Valence. J.-B. Jacquemond, magasinier français, mourut en Italie, à Brescia, le 10 décembre 1800, des suites de blessures reçues à l'ennemi, comme en fait foi un acte signé par l'infirmier-major de l'hôpital et par un Père de l'Ordre des Capucins qui l'assistèrent à ses derniers moments. Sa veuve épousa J.-B. Joubert, dont elle eut un fils et deux filles. L'une d'elles fut la mère de Mme Rey-Mury, un des rares membres survivants de la famille. Elle vit seule à Saint-Laurent-du-Pont, depuis la mort de son fils Eugène, décédé procureur de la République à Aubusson.

Après son mariage, Antoine-Joseph Mérand, qui s'était

occupé, comme son père, des travaux de la campagne, s'engagea le 1er août 1800. Il fut un de ces héros cachés du premier Empire, qui apportèrent leur pierre au glorieux édifice de l'épopée napoléonienne. A ses états de service sont inscrits : sous l'Empire, les campagnes d'Italie (1800), d'Observation du Midi (1801-1802), d'Italie (1805-1806), Grande Armée (1807-1808), d'Autriche (1809), d'Espagne (1810), de Portugal (1811), d'Aragon (1812), de Saxe (1813), de France (1814), du Nord (1815); sous la Restauration, la campagne d'Espagne (1823-1824), sous la Monarchie de Juillet, la campagne de Belgique en 1832.

Il prit part aux sièges de Colberg, Stralsund, Rodrigo, Almeida, Valence, Péniscola, Pampelune et Anvers.

Au milieu de tant de dangers, il ne reçut que deux blessures : blessure d'un coup de feu au bras droit, au combat devant Sienne, le 23 décembre 1801, et blessure d'un coup de sabre à la main droite, au combat de l'Almonia, le 25 décembre 1812.

Chevalier de l'ordre de la Légion d'honneur, le 19 novembre 1813, il fut nommé chevalier de Saint-Louis le 25 avril 1821 et devint officier de l'ordre royal de la Légion d'honneur le 27 avril 1838. Il était alors chef d'escadron, commandant le 4e escadron du train des parcs d'artillerie, à Auxonne.

Son épouse, Agathe-Éléonore Dubessey, ne pouvait le suivre dans tous ses déplacements. A partir de 1818, nous la trouvons très souvent à Saint-Martin-d'Estreaux chez son frère le Dr Dubessey : c'est à Saint-Martin, le 16 juillet 1827, que mourut leur père, Nicolas Genest Dubessey.

Cette famille Dubessey était originaire du Roannais. Nous lisons dans les registres de Roanne de 1754 :

« Jacques-Just Dubessey, fils légitime de Nicolas Genest Dubessey, écuyer, seigneur de Contenson, et de Louise-Élisabeth Mabies de Malvat, ses père et mère, demeurant à Roanne, né et baptisé ce jour d'huy dixième avril 1754. Son parrain a été Jacques-Just Dubessey, écuyer, seigneur de Contenson, et sa marraine dame Bonne Jonard, ses grand-père et grand'mère qui ont signé. »

Louis-Alexandre Dubessey exerça à Saint-Martin les fonctions de médecin pendant plus de trente ans, de 1818 à 1850. Les anciens se souviennent encore des soins qu'il leur a donnés. Un de ses neveux, M. Déclat, marié à Saint-Martin le 10 mai 1825, avec D^{lle} Antoinette-Rosalie Nebout, eut comme fils le Dr Gilbert Déclat, qui acquit une certaine célébrité et qui est considéré comme un des précurseurs de Pasteur. Le Dr Dubessey mourut le 29 décembre 1850, il fut enterré le lendemain : il était âgé de 75 ans.

De son mariage, le commandant Antoine-Joseph Mérand eut deux fils, Théodore et Antoine, et deux filles, Agathe et Louise. L'aîné, Théodore-Cincinnatus, naquit à Grenoble, le 11 ventôse an IX. Agathe, sa fille aînée, épousa un négociant, M. Dufourg, qui mourut subitement dans un voyage en Angleterre et laissa trois fils : Léonidas, Théodore et Antony, et une fille, Agathe. Aux Cent Jours, le commandant Mérand tint garnison à Douai. Son épouse vint s'établir à Saint-Martin, et c'est là que naquirent ses deux derniers enfants : Louise, en 1818, Antoine-Philibert en 1820.

Louise était une nature d'élite. Les lettres conservées dans les archives de la famille en témoignent. Dans une lettre d'une délicatesse exquise, adressée au chef de famille absent par les trois enfants : Louise, Antony, Agathe, et par leur mère, elle lui exprime, à l'occasion de la saint Joseph, son regret de ne pas pouvoir lui dire de vive voix son amour et l'espoir qu'elle a de voir bientôt toute la famille réunie travailler à montrer au père combien on l'aime. L'année suivante, 1832, elle écrit à son frère Tony, alors au collège de Grenoble, pour lui recommander de ne pas trouver étonnant de recevoir rarement des nouvelles. De Metz où il était en garnison, le commandant son père est parti à Anvers, et d'An-

vers il est revenu à Chartres. Leur mère est dans un état de
santé satisfaisant, mais elle, elle est déjà clouée dans son lit
par la douleur, prélude de sa mort prochaine. Fleur trop tôt
éclose d'intelligence et de bonté, guettée par la « cruelle »,
elle devait mourir l'année suivante, à l'âge de 15 ans. Son
souvenir est resté dans la famille, et, comme pendant de la
miniature du général Bonaparte, sortie des ateliers d'Isabey,
un médaillon fait de ses cheveux représente un tumulus sur-
plombé par un cyprès : « A la mémoire de Louise Mérand. »

Antoine-Philibert, qui devait être notre père, naquit le
10 février 1820 [1]. Deux jours après il était baptisé :

« Antoine-Philibert Mérand, fils légitime de Joseph, capitaine dans l'artillerie du génie, et d'Agathe Dubessey, né
d'avant-hier, a été baptisé le 12 février 1820. Son parrain a
été M. Antoine Douniol-Giraud, et sa marraine Mᵐᵉ Philiberte Balley-Dubessey, tante de l'enfant, qui ont signé avec
nous. »

L'enfance d'Antoine-Philibert se passa sans doute à Saint-
Martin-d'Estreaux; mais, en 1833, il est au collège royal de
Grenoble. Une série de volumes sur l'histoire romaine, con-
servés dans la bibliothèque de la famille, lui ont été décernés
comme prix le 7 septembre 1833. Il dut terminer ses études
en ce même collège. Son père le destinait à Saint-Cyr, mais

1 « Aujourd'hui, lisons-nous dans son acte de naissance, 10 février 1820,
vers 6 heures du soir, par devant nous Louis Dacher, maire et officier de
l'état civil de la commune de Saint-Martin-d'Estreaux, est comparu en mairie sieur Louis Dubessey, chirurgien, demeurant en ce bourg, lequel nous
a présenté un enfant du sexe masculin né aujourd'hui, a 5 heures du matin,
qu'il nous a déclaré être issu du légitime mariage du sieur Joseph Mérand,
capitaine du train d'artillerie, actuellement en garnison a Douai, avec dame
Agathe-Eléonore Dubessey, son epouse, demeurant chez le sieur décla-
rant, qui a dit vouloir donner a l'enfant les prénoms d'Antoine-Philibert.

« Lesdites déclaration et présentation ont été faites en présence de sieur
Louis Baret, âgé de 23 ans, et de sieur Antoine Baret, âgé de 46 ans, tous
les deux propriétaires, demeurant en ce bourg. Et a le sieur Dubessey, ainsi
que les témoins, signé avec nous, de ce enquis, après que lecture du présent
acte leur a été faite »

une circonstance imprévue fit renoncer à ce projet, et, le
1er juillet 1838, il s'engagea au 12e régiment d'artillerie. Du
17 avril 1843 au 20 août 1845, il fut envoyé en Afrique
comme maréchal des logis fourrier. Il rapporta comme souvenir de cette expédition un long sabre d'officier arabe, connu
dans la famille sous le nom de « yatagan ».

A son retour d'Afrique, de graves événements politiques se
préparaient. En février 1848, à la suite de la chute du Gou-
vernement de Juillet tombé sous le mépris, la République est
proclamée. Pour beaucoup de gens, c'était le retour aux jours
troublés de la Révolution, aux exécutions de la Terreur, à
l'anarchie du Directoire. Aussi tous les hommes d'ordre sou-
piraient-ils après le retour à un pouvoir ferme. Il revint avec
le neveu du Grand Empereur, dont, depuis 1815, le souvenir s'était précieusement conservé dans la plupart des familles.
Le prince Napoléon trouva de nombreux concours, mais un
des meilleurs artisans du début de l'Empire fut celui qui
bientôt devait être le duc de Persigny. Gilbert-Victor Fialin.
comte, puis duc de Persigny, était né dans la région roannaise, à Saint-Germain-Lespinasse, d'Antoine-Henri Fialin et
Marie-Anne Girard de Charbonnière, proche parente des
Girard de la Fayolle. Par sa mère, il appartenait donc à Saint-
Martin-d'Estreaux. Son frère Antoine-Henri y avait exercé
les fonctions de notaire ; le 17 février 1841, il avait épousé
une Dlle Dépalle, belle-sœur de notre oncle Théodore Méiand,
et mourut tout jeune, le 17 novembre 1846. C'est durant
cette période qu'eurent lieu les premières tentatives du prince
Louis-Napoléon, à Strasbourg, puis à Boulogne. Gilbert-Victor Fialin s'y associa d'une manière tenace et courageuse et
fut même condamné à vingt ans de détention. La chute de la
monarchie de Juillet, l'élection de Louis-Napoléon comme
représentant du peuple, puis comme président de la République, allaient montrer que Victor Fialin avait vu juste et
que bientôt ses vœux se réaliseraient. Il n'y avait plus qu'à

compléter l'œuvre commencée, en faisant proclamer empereur celui que les amis de l'ordre saluaient comme leur libé-
rateur. Celui qui bientôt devait être le duc de Persigny s'y
employa avec toute sa ténacité autoritaire et contribua pour
une large part au coup d'État du 2 décembre 1851. Ministre
de l'Intérieur au début de l'Empire, le comte, puis duc de
Persigny, se montra parfois étroit dans ses vues, mais âme
droite et autoritaire, il sut toujours en imposer par son sérieux.

Il avait patronné auprès de l'empereur ses parents et ses
amis, en particulier notre oncle Théodore, qui, régisseur à
Vichy, où se rendait souvent le prince Napoléon, lui fut présenté par le duc de Persigny. Quel fut le rôle de notre oncle
durant ces événements? Ce fut celui des humbles ouvriers
d'arrière-plan qui apportent leur pierre, si petite qu'elle soit,
à l'édification du grand œuvre.

Nous ne pouvons mieux faire que de citer les paroles d'un
des rares parents, témoin de ces événements déjà lointains,
M. Combe-Laboissière, maire d'Ambonil : « Votre oncle était
venu passer une huitaine de jours avec nous quelques mois
avant son décès, et voici ce qu'il m'avait dit lui-même.

« Militaire d'abord fut le début de sa carrière. Il devint
secrétaire de Louis-Napoléon durant sa présidence, prit une
part active au coup d'État, et, en récompense de ses services,
il fut nommé directeur de la Maison centrale de la Roquette
et des autres prisons de la Seine et il prit sa retraite comme
inspecteur général de ces mêmes prisons. En plus de la retraite,
affectée à ce grade, l'Empereur lui fit annuellement jusqu'à sa
mort 2.000 francs sur sa cassette particulière. »

La belle-sœur de notre oncle Théodore, Mme Antoine-Henri
Fialin, vint s'établir à Paris avec sa sœur et ne tarda pas à
épouser en secondes noces M. Badiou de la Tronchère, peintre
et sculpteur de la maison de l'Empereur, qui obtint le titre
d'inspecteur des prisons de l'Empire. M. de la Tronchère tint
à sculpter sur marbre notre oncle, et la famille possède encore

ce médaillon, précieux souvenir de famille, et, en même temps, belle œuvre d'art. M. Théodore Mérand a réellement grand air avec ·son profil à l'antique et ce regard froid et autoritaire des hommes habitués à commander. Ses fonctions lui laissaient des loisirs : il partageait son temps entre la capitale et Saint-Martin–d'Estreaux, entre ses fonctions d'inspecteur général et les plaisirs d'une agréable villégiature dans la maison agrandie et embellie suivant ses goûts de Parisien.

Ses relations avec M. de Persigny et M. Rouher lui donnaient sa part d'influence dans le monde politique. Il aimait à s'entourer de tous les souvenirs qui lui rappelaient l'Empire. La famille conserve encore une tasse d'un grand fini, due à la libéralité de M. de Persigny, qui la tenait lui-même de l'Empereur. C'était un don fait à Louis–Napoléon, roi de Hollande. On y voit, peint sur porcelaine, le buste de Lucien Bonaparte, prince de Canino, avec les flambeaux et les monogrammes qui rappellent cette idée, ce souvenir.

Pendant que ces événements se déroulaient, son frère devenait officier. Sous-lieutenant le 13 octobre 1849, il passa au 6e régiment d'artillerie le 30 octobre 1849 ; lieutenant le 13 octobre 1851, il est rattaché au 7e d'artillerie ; du 7e il entre dans l'artillerie à cheval de la garde impériale le 5 juillet 1854. Chevalier de la Légion d'honneur le 8 octobre 1857, lieutenant en 1er porte-aigle du régiment d'artillerie de la garde impériale à Versailles, il est nommé, le 19 mars 1858, capitaine au 11e régiment d'artillerie, en garnison à Lyon. Cette période de sa vie le rapprochait de Valence, où ses parents bien-aimés avaient passé les dernières années de leur existence. Tous deux reposaient au cimetière de la ville, et, de temps à autre, le capitaine Mérand venait faire le pèlerinage traditionnel au tombeau de ses chers disparus.

Cette tombe est restée ce qu'elle était, avec sa grille de fer forgé et ses deux pierres tumulaires :

Ci-gît

ANTOINE-JOSEPH MÉRAND

Chef d'escadron d'artillerie en retraite,
Officier de la Légion d'honneur,
Chevalier de Saint-Louis,
décédé le 15 novembre 1855, âgé de 74 ans.

Ci-gît

AGATHE-ÉLÉONORE GENEST DUBESSEY
DE COCHART, VEUVE MÉRAND
décédée le 16 février 1857, âgée de 75 ans.

Ces pèlerinages du souvenir, ses relations amicales, le voisinage du berceau de la famille, tout contribua à rendre cher au capitaine Mérand son séjour à Lyon, une des meilleures périodes de sa vie. Il y voyait son cousin M. Combe. C'est alors qu'il entra en relations avec M. Victor Mérand, de la branche des Mérand de Saint-Martin d'Uriage. M. Victor Mérand, ancien maître de postes dans cette même ville de Lyon, habitait depuis un certain temps dans la demeure de sa sœur et de son beau-frère, M. Vossenat. M. Vossenat eut deux filles, dont l'une épousa M. Chambe, architecte à Lyon, et l'autre le Dr Émery [1], célèbre médecin homéopathe dont le souvenir est encore bien vivant dans cette

---

[1] La famille Émery a sa filiation directe depuis 1590. A cette époque, ils étaient maîtres marchands et bourgeois du Lemps. Cette famille a fourni des *officiers*, des *médecins*, dont le médecin de l'empereur Napoléon Ier (il l'accompagna à l'île d'Elbe et eut de lui un legs de 100.000 francs) et le docteur J.-B.-Eugene Emery de Lyon ; des *prêtres*, dont l'abbé André Emery, supérieur de Saint-Sulpice, sous Napoléon Ier (ce fut le seul prêtre qui osa résister à l'empereur. Napoléon lui en sut gré), des *conseillers municipaux*, dont André Emery, conseiller municipal de Saint-Symphorien-d'Ozon, qui, par son attitude énergique, arrêta une Jacquerie, en 1830 ; (une lettre autographe du ministre Guizot, conservée dans la famille, rend justice à son courage et le remercie au nom du roi)

ville. Nous devons ces renseignements à M. Brac de la Per-
rière, gendre du Dr Émery.

Le capitaine Mérand vivait simplement, dans l'intimité de
deux officiers ses collègues, le capitaine Lebeuf et le capitaine
Gall. Plus tard, il aimait surtout à rappeler le souvenir du
capitaine Gall, d'une famille de militaires ; fils d'un officier
d'administration, il avait trois frères, officiers comme lui,
connus, dans l'intimité de la famille, sous le nom des
« quatre Gall ». Les trois amis prenaient pension dans un
restaurant à l'angle de la place Morand et du quai de l'Est.
C'est là qu'il eut l'occasion d'entrer en relations avec un
industriel en soieries, M. Denis Gantillon, industriel d'une
grande valeur, à la fois prudent et hardi, qui, par son
travail persévérant et ses méthodes nouvelles, arriva à se
créer une belle situation dans le monde des affaires.
M. Denis Gantillon tenait à épouser une femme de tête ; le
capitaine Mérand se fit le promoteur et l'intermédiaire du
mariage ; il lui proposa et lui fit agréer sa nièce, Agathe
Dufourg, femme d'une grande beauté, mais surtout d'une
grande distinction, vraiment aristocratique de ton et de
manières, incarnant en elle toute la fierté des Mérand.

En 1859, la guerre d'Italie éclata. Le capitaine Mérand y
prit part du 1er mai 1859 au 2 juin 1860. Classé à la 8e batterie du 11e régiment d'artillerie, il est attaché, le 1er avril
1860, à la 5e division d'infanterie de l'armée d'Italie. Il avait
obtenu la médaille d'Italie le 16 octobre 1859 et fut décoré de
la médaille de la valeur militaire de Sardaigne le 23 mars 1860.

A son retour d'Italie, classé, le 9 juin 1860, à la division
d'artillerie à pied de la garde impériale, il passe, le 16 mars
1861, au régiment d'artillerie à cheval de la garde impériale,
à Versailles ; le 19 août 1863, capitaine en 1er adjudant-
major au régiment d'artillerie à cheval de la garde impériale,
il est classé à la 2e batterie du même régiment. Le 11 juin
1870, il est promu au grade de chef d'escadron, cesse tout

service actif pour se retirer à Saint-Martin-d'Estreaux et, par décret en date du 19 août 1870, reçoit sa retraite pour ancienneté de service.

Le commandant Mérand avait réellement grand air dans sa tenue, toute chamarrée d'or, d'officier d'artillerie de la garde impériale. Plus tard, il se complaisait à faire la description de ces revues, qui avaient été un des beaux spectacles de sa vie. D'une figure martiale, d'un regard ferme, mais respirant la franchise, le pli de sa paupière et ses sourcils arqués révélaient un caractère énergique. Mais avec cela il était bon, plein de sollicitude pour sa famille. Nous ne pouvons mieux faire que de citer les paroles de M. Combe, un de ses meilleurs amis : « Quant à votre père, je l'ai connu dans l'intimité ; il venait passer régulièrement chez moi, depuis la mort de son père, toutes ses vacances, c'est-à-dire les congés que chaque annnée il obtenait de ses supérieurs. Je n'ai jamais connu d'homme plus aimable ; fort distingué dans ses manières, aimant par-dessus tout la famille, il était un véritable ami pour moi, quoique de beaucoup mon aîné. »

C'est cet amour de la famille qui lui fit fonder un foyer, et, le 5 juillet 1870, il épousait Marie-Berthe Meilheurat. La cérémonie eut lieu à Saint-Julien-de-Cray : les assistants y furent nombreux « en témoignage de la considération dont jouissait la famille ». Au dîner, où étaient représentées les familles parentes ou amies Jourdier, Berland, Trouillet, Relave, Place, ce fut la franche gaieté de ces mariages chrétiens. Le vénérable M. Constantin, curé de la paroisse, y assistait. La famille était au complet : les parents radieux étaient entourés de leurs trois filles et de leurs gendres ; on était à la joie, sans songer aux deuils qui s'échelonneraient bientôt, privant les petits enfants de leurs meilleurs soutiens.

Le soir même, les nouveaux époux quittaient Chuin pour Saint-Martin-d'Estreaux où, dans un des sites les plus pittoresques du Bourbonnais, ils devaient vivre ensemble dix-huit années heureuses, malgré les deuils inséparables de toute existence humaine.

Saint-Martin-d'Estreaux est un bourg très ancien, comme suffit à le prouver son nom (*strata*, chemin pavé, voie romaine); il était fort peu important au commencement du xvᵉ siècle; des foires et un marché, établis par Louis XII et François Iᵉʳ, le tribunal de Châteaumorand avec ses officiers de justice, mais surtout l'immense circulation de la route de Paris à Lyon, la première route de France, lui ont peu à peu donné de l'accroissement. Aujourd'hui, c'est un gros bourg, assez bien bâti, entouré de belles prairies, dans un site agréable, où la route de Paris, plantée d'arbres, forme une sorte de large boulevard-ceinture.

Les beautés du pays natal, il faudrait les vers d'un poète pour les chanter dignement.

Saint-Martin et ses glorieux souvenirs ! C'est avant tout et par-dessus tout Châteaumorand, qui resta pendant 700 ans, de 1190 à 1864, entre les mains de la même famille, les Châtelus-Châteaumorand, puis les Lévis-Châteaumorand. Son château, dont l'origine se perd dans la nuit des temps, mais dont la plus grande partie date du xvIIIᵉ siècle, son parc magnifique, admirablement dessiné, avec, au centre, le petit lac, qui donne au jardin son caractère si gracieux, tout cela contribue à en faire une des plus belles résidences de la Loire. Châteaumorand avec le souvenir de Jean de Châteaumorand, guerrier, diplomate et chroniqueur, la gloire de Saint-Martin pour avoir retardé de longues années la chute de l'empire latin de Constantinople et le triomphe des Turcs, Jean de Châteaumorand dont la statue mériterait d'être élevée sur la place publique comme au grand homme du pays natal ! Châteaumorand, avec le souvenir de Diane de Châteaumorand, d'Honoré d'Urfé, du célèbre roman de l'*Astrée*, qui y a été presque entièrement composé !

C'est, bâti à droite de la route de La Palisse, le vieux château-fort de Lalière, dans son site sauvage avec ses fossés profonds qu'on traverse sur un pont-levis; ses oubliettes, chambre humide et fioide, faiblement éclairée par deux meurtrières, au fond d'une grosse tour ronde; ses immenses caves que les anciens appellent les souterrains de Lalière, sa vue si étendue depuis la terrasse du château; Lalière, propriété des Vitry-Lalière, puis des Chaugy et enfin des de la Guiche, en particulier de Marie de la Guiche, duchesse de Ventadour, qui le céda aux Châteaumorand.

C'est, en se dirigeant vers Saint-Bonnet-des-Quarts, dans une vallée riante bien boisée, arrosée par un ruisseau qui tombe dans l'étang de Mauvernay, le château de La Fayolle, château sans style, mais auquel des tours carrées, couronnées de toits aigus, donnent un air seigneurial. Ce château, propriété des Nazaiier de La Fayolle vers la fin du xvie siècle, est, depuis 1830, propriété de la famille Meynis de Paulin. Au-dessus et tout près se trouve le château de Godivière, aujourd'hui simple ferme, habitée, au xve et au xvie siècle, par la famille noble des Le Brun.

Puis, en continuant, si l'on dispose d'une journée, on pénètre dans la petite Suisse roannaise, et, par Saint-Bonnet-des-Quaits, on aiive à la Croix du Sud, sur la grande route de Vichy, dans un site de verdure avec un panorama magnifique sur la plaine du Roannais, sur les monts boisés de la Madeleine, avec, au fond de la vallée, Saint-Rirand, dans le lointain les Noés, puis tout là-bas, à l'horizon, Renaison et son barrage. Mais, le soir venu, lorsqu'on reprend le chemin de Saint-Martin, on trouve malgré tout du charme à revoir le bourg et son clocher qui se dessine de loin sur le ciel. C'est qu'il n'est pas jusqu'à l'église qui n'ait son cachet d'antiquité, avec ses chapelles de Lalière et de Châteaumorand, avec son vitrail de Saint-Martin, classé pour la pureté de ses lignes et la finesse de ses couleurs comme monument historique.

C'est au pied, ou plutôt vers le chevet de cette église, que lès nouveaux époux, après avoir occupé quelque temps un logement dans la maison de M. Théodore Mérand, ne devaient pas tarder de venir s'établir, dans la maison de la tante Perret, pour y passer des jours heureux.

L'année terrible vint assombrir les premiers temps de cette union. Malgré les espérances de paix durable qu'avait fait naître le plébiscite, la guerre éclatait entre la France et l'Allemagne, les premiers jours d'août 1870. Triste fruit des fautes de l'Empire, cette tragédie sanglante ne sépara cependant pas le jeune ménage. Le commandant Mérand fut chargé de former les mobiles de Saint-Martin. Lui qui était habitué à voir manœuvrer la Garde Impériale, à la tenue impeccable, se pliait difficilement à une discipline nécessairement moins forte, à une tenue nécessairement plus relâchée. Mais il le faisait pour son pays, qui, resté seul en face de la première puissance militaire du siècle, ne pouvait manquer de succomber. Ce fut pour son cœur de soldat, habitué à la victoire de nos armes, une douleur qui se calma malaisément, une plaie demeurée toujours saignante.

La paix ramena la tranquillité et la prospérité. Ce furent des années heureuses pour le commandant Mérand et pour son épouse. Loin de la vie des camps, il put jouir de l'intimité de la famille. Malheureusement des deuils répétés vinrent attrister leur union. Ils virent mourir successivement leurs trois premiers enfants, Marie, Alexandrine et Léon-Joseph. Leur mère était d'une santé maladive et la moindre imprudence mettait leurs jours en danger. Elle eut le bonheur de conserver les deux fils qu'elle mit ensuite au monde : Joseph, le 27 décembre 1875, Léon, le 8 mai 1878, et la famille put ainsi vivre moins désolée et leurs éclats de voix mettre un peu de gaîté au foyer. Deux autres fils leur naquirent plus tard, René et Gaston, mais ils ne purent s'élever. D'une famille de sept enfants, il n'en resta que deux qui furent nécessairement choyés par leur mère, mais leur père tint avant tout à les élever à la manière forte.

Quel agréable souvenir que celui du temps passé dans ce jardin de notre enfance! Sa bordure de lilas élancés, ses bosquets aménagés en tonnelles, ses massifs de pétunias, de géraniums et de roses, ses arbres fruitiers variés, ses allées où le moindre brin d'herbe était traité en ennemi, tout cela est encore présent à notre imagination et à notre cœur. C'est la terre natale qu'il nous faut saluer et qui ne sera jamais oubliée.

Tout était réglé dans la vie du commandant Mérand, tout en lui respirait l'ordre.

Il aimait son jardin qu'il cultivait avec soin. Il aimait y vivre. On y apercevait les sites vus depuis l'enfance, Jard et ses bruyères tout en face, sur la gauche les arbres qui voilaient le cimetière où reposaient les siens et où il reposerait un jour

Il aimait la vie de famille et sortait peu. Chaque soir cependant il se rendait auprès de son frère, devenu impotent. C'était une figure originale que celle de l'oncle Théodore. Il ne pouvait supporter les enfants. Il n'était donné à ses neveux de l'approcher qu'une fois ou deux par an. Ce n'est pas sans crainte qu'on arrivait chez lui, dans le bureau de cette grande maison au vaste vestibule. Sa figure s'illuminait d'un sourire en voyant ses neveux, mais leur gaîté et leurs éclats de voix bruyants, au bout de quelques instants, lui faisaient hâter le départ. Il n'avait jamais eu d'enfants et ne les comprenait pas. A la mort de son frère, en avril 1884, ce fut M. Poyet, un ami de la famille qui vint égayer un peu sa solitude et lui parler de tout ce qui se passait au pays natal. Peu de visites, peu de réceptions, ce fut la règle qu'il s'imposa.

Bon papa et bonne maman, les cousins Dufourg, industriels en Angleterre, tante Zélie venaient aussi charmer cette solitude. Mais la visite la plus appréciée de toutes était celle de l'aristocratique tante Gantillon qui se faisait toujours précéder d'une dinde truffée ou de pâtés de foie gras. Elle aimait à se reposer, dans cette vie de famille si simple, des réceptions de son magnifique hôtel de Lyon ; elle avait bien, pour se distraire, sa gracieuse villa d'Évian, tout nouvellement construite par M. Gantillon, son mari, avec son jardin à l'anglaise, d'où, passant par-dessus les eaux bleues du Léman, le regard percevait Chillon et son célèbre château historique, Lausanne, Vevey, étagés sur l'autre rive et la grandiose ceinture de montagnes alpestres, qui, plongeant dans le ciel, semblent y puiser un air pur et vivifiant. Mais rien ne valait pour elle les heures passées à Saint-Martin auprès de cet oncle, de son « oncle Tony », à qui elle devait tout son bonheur, et nous en avions notre part.

Avant tout, notre père était à l'éducation de ses fils. Quel parfait éducateur ! Pas de mollesse, pas de caprices. Des corrections justes et à propos, et, avec cela, l'exemple de la régularité. L'obéissance sans réplique était sa règle et ce n'était pas impunément qu'on faisait mine de se rebeller. Obéissance d'abord, distinction et réserve, ensuite, ou plutôt sur le même pied. Jamais ses fils ne lui ont entendu prononcer une de ces paroles déplacées ou vulgaires, qui, malgré tout, rabaissent l'homme plus qu'elle ne le distraient. Il avait une haute idée de la dignité de l'homme et du respect dû à l'enfance. Ce sont là de fortes empreintes qui ne s'effacent jamais. La vulgarité et la duplicité étaient deux défauts qu'il ne pouvait supporter. La dignité et la franchise, voilà ce qu'il voulait développer en nous.

Après son repas, il aimait à se retirer dans son bureau « pour fumer sa pipe ». Quand le temps le permettait, il se plaçait à la fenêtre et devant ce paysage tant de fois revu, il voyait passer devant ses yeux le souvenir de tous ceux qu'il avait connus, il restait seul avec ses pensées, avec son passé. Les derniers temps cependant il se fit plus tendre. Ses fils, son fils aîné surtout, était admis dans le bureau. C'est qu'il devait bientôt quitter le toit paternel pour commencer ses études, et le père qui avait l'expérience de la vie, voulait prémunir son fils contre les dangers qui l'attendaient. Et comme sauvegarde, il avait placé à la base de cette éducation des principes vraiment religieux. Il était de ceux qui donnent à leurs fils l'exemple d'une vie chrétienne et chaque dimanche conduisent les leurs à l'église.

En mai 1888, son fils aîné fit sa première communion. Il assistait à la cérémonie et ne put retenir ses larmes au souvenir de cette première communion faite, il y avait bien des années déjà, dans la chapelle du lycée de Grenoble : le souvenir en était toujours présent à sa mémoire, comme si c'eût été hier.

Rien ne faisait prévoir le dénouement qui allait frapper la famille, tout entière à son bonheur. Un effort un peu violent, un état de santé affaibli par l'âge devaient l'emmener en peu de temps, le 28 juin 1888.

Ce que furent les dernières heures de celui qui aurait pu être leur soutien ici-bas, ses fils, son aîné surtout se le rappellent comme si c'était hier. Ce dut être pour le père qui savait ce que réservent de surprises les premiers contacts de la jeunesse avec le monde, une véritable angoisse pour l'avenir de ses fils. Et qui sait si ce n'est pas ce suprême appel à Dieu, cette bénédiction dernière qui a fait de son aîné un prêtre et de son plus jeune un chrétien si énergique, un père de famille si exemplaire ?

Le 28 juin 1888, à une heure du matin, il expirait. Ses fils l'accompagnèrent à sa dernière demeure, et, sur sa tombe, devant une foule sympathique, M. Arthur Clément prononça un éloge funèbre qui était un suprême éloge de celui qui avait toujours passé pour la droiture même avec son caractère de soldat : « Je ne laisserai pas fermer cette tombe sans dire un dernier adieu à l'homme de bien que nous venons de perdre... Bon père, excellent époux, loyal soldat, modeste entre les modestes, brave parmi les plus braves, il sut être utile aux siens, à sa commune, à sa patrie. Messieurs, quand un tel homme disparaît, tous les partis doivent taire leurs rancunes, s'incliner et mettre la main dans la main. Il appartenait par sa valeur à cette légion d'hommes éminents et illustres ; l'insigne de l'honneur brillait avec orgueil sur sa poitrine. Il emporte avec lui tous nos regrets. Puissent ces regrets alléger la douleur de ceux qu'il laisse après lui !

« Et vous, mes chers petits enfants, la perte que vous faites aujourd'hui est irréparable, mais le souvenir de votre père bien-aimé restera éternellement gravé dans vos cœurs. Ses vertus vous serviront d'exemple pour marcher dans le chemin de l'honneur.

« Recevez, cher Monsieur Mérand, par ma voix, le dernier adieu de tous ceux qui vous ont connu, aimé et estimé, le dernier adieu de la fanfare et de ces jeunes et valeureux soldats présents à vos funérailles.

« Soyez persuadé que, quand l'heure de la revanche aura sonné, si jamais l'ennemi envahissait le sol de la patrie, vous nous verriez suivre l'exemple que vous nous avez donné et que notre dernière parole serait en expirant : Pour le pays ! Pour la France !

« Adieu ! Adieu ! »

III

SEMUR-EN-BRIONNAIS.

SON VEUVAGE.

ÉDUCATION DE SES FILS,
L'UN PRÊTRE, L'AUTRE CHEF DE FAMILLE
(1888-1916)

A veuve du commandant Mérand ne pouvait plus rester dans ce pays qui lui rappelait trop le départ de l'absent. Il fut décidé qu'elle quitterait Saint-Martin d'Estreaux et qu'elle rentrerait au foyer paternel, d'où il lui serait plus facile de surveiller l'éducation de ses fils, Joseph et Léon. Tous deux devaient bientôt entrer dans un des principaux établissements du diocèse d'Autun, le petit séminaire de Semur-en-Brionnais.

Après quelques mois passés à mettre ordre aux affaires, le départ fut décidé.

Ce que fut ce voyage en voiture de Saint-Martin d'Estreaux à Saint-Julien-de-Jonzy, on le devine aisément. Triste exode du pays natal ! Quelles pensées désolantes, quel voile de deuil encore présents à notre mémoire et à notre cœur ! Rester seule, avec ses enfants, à l'âge où doit s'accomplir l'œuvre capitale de leur vie, c'est assurément pour une mère la plus angoissante des perspectives. En ces années décisives, quelle perte irréparable que le départ prématuré du chef de la famille !

Lorsqu'en s'avançant par la vallée de Marcigny, ils aperçurent sur la hauteur ces grands bâtiments du séminaire qui devaient être, pour les fils, le berceau de leur jeunesse, pour la mère, la maison aimée de ses visites, ils ne se doutaient pas que là serait leur pays d'adoption, théâtre pour eux de tant d'événements tour à tour joyeux et tristes.

Semur-en-Brionnais ! En quittant les plaines de la Loire, juste en face de Chambilly, à travers une échancrure du plateau brionnais, se dresse assez fièrement une colline aux flancs escarpés. C'est Semur, l'ancien centre du pays. Nid d'aigle perché sur la hauteur, et à qui donnent assez bon air ses vieilles maisons de chanoines, son église collégiale de Saint-Hilaire, les ombrages du Précoyer et le vieux donjon démantelé, berceau de saint Hugues de Cluny.

En cette soirée d'automne 1888, la tristesse du temps s'était jointe à la uistsse des echoses. Un vent froid, une pluie fine avait voilé de deuil cet exode du pays natal. Mais, en gravissant la colline, une éclaircie s'était produite, lueur d'espérance dans ce ciel désolé. En ce court instant, le paysage était devenu merveilleux, où, sous les feux amortis du soleil, brillait doucement sur les feuilles, toute la gamme des verts, des rouges et des ors. Au pied de la colline, sur la gauche de la route et près de la vieille église de Saint-Martin-de-la-Vallée, le château moderne des barons de Semur, avec son parc merveilleusement tracé, ses allées de grands arbres, ses pièces d'eau alimentées par le ruisseau du Val d'Enfer. Plus loin, dans la vallée, l'hospitalière demeure des Perret, au pied des vieilles murailles de la ville, en face des bois de sapin de la Font-Malleret. Puis, sur la route de Saint-Julien, la grosse ferme de Rochefort, entourée de ses prés d'embouches, les taillis de la Tour et du Bois-Dieu, les vignobles assez distingués de la Poterne et des Crais.

Le soir tombait, et lorsque, après avoir franchi les hauteurs de Sainte-Foy et le grand bois Cruyan, ils arrivèrent en vue de Chuin, la nuit était sombre déjà. A leur arrivée au nid des ancêtres, ils reçurent le plus sympathique accueil, celui qu'on réserve aux victimes du malheur. La grand'mère, clouée dans son lit par une attaque de paralysie qui devait causer sa mort deux ans après, reçut sa fille à bras ouverts. C'était quelques jours avant la rentrée du petit séminaire.

Ce fut pour notre mère l'existence monotone d'une vie d'études, régulièrement coupée par les vacances, et, dans la solitude de Chuin, le grand isolement, favorable au sérieux, mais aussi à la tristesse. De temps en temps, souvent, chaque semaine, quand elle le pouvait, elle venait à Semur, toujours accompagnée de friandises, toujours comme elle, les bienvenues. C'étaient les heures douces de son existence. Elle savait ses fils en sûreté, au petit séminaire, se livrant avec ardeur à leurs études, fortifiés par l'air vif de la colline, par les hygiéniques promenades à travers les bois et les prairies du Brionnais.

Car Semur est bien, par excellence, la maison du ciel pur, des idées claires et des environs agréables. Au Nord, les vallons caillouteux de Montmegin avec la vieille chapelle de Saint-Fiacre, les belles futaies de la Touche avec son oratoire, ex-voto de l'Année terrible, rattaché aux vieux souvenirs du culte de Notre-Dame dans le pays. Au couchant, Marcigny, la ville aux mœurs faciles, aux provisions de choix, au passé si plein de beaux souvenirs. Baugy avec son robuste clocher roman et ses poissonneuses pêcheries de Chenoux. Puis, les jours où la marche était plus facile et les courages plus dispos, la visite à la superbe église d'Anzy-le-Duc, au célèbre champ de foire de Saint-Christophe-en-Brionnais, aux vignobles de Mailly, d'Iguerande et de Fleury-la-Montagne. Que de coins pittoresques et charmants en ces belles courses, où, chaque semaine, on se retrempait pour les luttes avec les classiques ! La santé allait de pair avec les études. Et, à côté de cette formation de l'intelligence, et plus haut, pour consoler le cœur des mères, le pur idéal religieux, continuellement inculqué en l'âme des enfants. De ces années semu-

ıoises, les souvenirs de piété ne sont-ils pas les meilleurs ?
Les cérémonies de la chapelle, en particulier les offices du
soir, où, dans l'ombre recueillie des beaux arceaux gothiques,
la nef parfumée d'encens, le sanctuaire éclairé de lumières
sans nombre, s'imprégnaient d'une piété communicative. Puis,
les beaux discours où des prédicateurs de choix, âmes parlant
à des âmes, mettaient en nous cette soif d'idéal, guide et
réconfort de nos vies, quand plus tard nous avions subi les
premiers contacts du monde. Tout était organisé pour inspi-
rer confiance aux parents et faire de nous des chrétiens et des
hommes.

Pendant les vacances, Chuin s'animait et semblait reprendre
sa vie d'autrefois. C'était une jeunesse rieuse, qui allait réveil-
ler les échos des grands bois ou s'ébattre sur la fine verdure
des prés. Au temps de la chasse, c'étaient des courses sans
trêve ni merci, à la suite des compagnies de perdrix ou sur la
piste des rares lièvres que voulait bien laisser vivre la rou-
blardise des braconniers. En notre verdeur d'imagination, nous
organisions, tout comme dans les grandes chasses à courre,
titres de noblesse, veneurs, tous les détails savants d'une bat-
tue classique. C'était surtout grande allégresse, lorsqu'on rap-
portait quelque pièce de gibier. Vie de plein air, toute à la
joie des années de l'adolescence ! Les jours noirs où l'automne
se faisait trop sentir, on se réunissait autour de l'âtre, et le
grand-père racontait ses souvenirs du vieux temps. Un épisode
de sa vie qu'il aimait surtout à rappeler, c'était une promenade faite durant ses études à Ruffey. Cette promenade avait
duré huit jours, et la paire de souliers neufs emportée pour
ce raid était fort endommagée au retour. On aimait à l'entendre exalter pour la centième fois l'ardeur des jeunes de son
temps. Vision de jeunesse qui passait devant ses yeux et semblait lui rendre l'ardeur de ses vingt ans ! Parfois même, toute
cette gent écolière s'enhardissait à jouer les belles scènes de
notre théâtre classique, du *Cid* en particulier, et les anciens

du logis, parterre rassis et sympathique, avaient grande joie à applaudir ces acteurs improvisés. C'était l'heureux temps de la jeunesse trop tôt écoulée.

Celui qui plus tard devait être le propriétaire de Chuin, l'héritier des traditions de la famille, présidait à ces joyeux ébats, et, par son esprit inventif, donnait à tout un caractère peu banal et plaisant.

Pendant toutes ces semaines de gaîté, c'est dans le spectacle des ébats de ses enfants que notre mère trouvait un peu de diversion et d'adoucissement à ses douleurs difficilement supportées.

La mort de Benoîte-Alexandrine Jourdier, notre grand'mère, en attristant Chuin, sembla le rendre plus froid encore. L'ennui de ne pas avoir son chez-soi, le désir de se rapprocher du petit séminaire où elle se rendait péniblement en voiture, décidèrent notre mère à louer à Semur une petite maison assez indépendante, propriété de Mme Bouthier de Rochefort. De là il lui fut plus facile de présider à notre éducation, toujours ferme, mais toujours bonne. Années d'abnégation et de sacrifice où tout entière elle consacra son sérieux et son expérience à préparer l'avenir de ses enfants. Son fils aîné se destinait au sacerdoce et ce fut pour la mère une grande joie le jour où elle put communier de la main de son fils dans la vieille église Saint-Hilaire. Son plus jeune commença ses études de médecine aux Facultés de Lille, puis de Lyon ; mais sa santé frêle, son aversion pour la vie confinée des grandes villes le ramenèrent à son existence de plein air et de libres courses à travers nos pittoresques campagnes. Par-dessus tout, il aimait sa petite patrie d'adoption, le Brionnais, et la mort du grand-père arrivée peu après son retour, le 25 avril 1901, le décida à se fixer dans le pays. Il fut résolu que l'on quitterait la petite maison louée à Semur dans la ville haute et que l'on construirait une demeure plus indépendante et plus confortable. On acheta à M. Semet, ancien notaire à Iguerande, une propriété placée sur les hauteuis de Semur, aux lieux dits les Croix et les Grands Crays sur le plan de la matrice cadastrale. L'emplacement était vaste et la position très satisfaisante. Commencée en 1902, la construction s'acheva en 1903, mais l'on put s'y installer dès la fin de 1902.

Les Grands Crays sont placés, à la sortie de Semur, sur une hauteur d'où l'on domine et peut voir Marcigny et la vallée de la Loire. Adossés eux-mêmes aux pentes qui mènent à Sainte-Foy, ils surplombent au midi de vieilles carlières de pierres à bâtir et voient à leur pied la route qui conduit à Rochefort et à Jonzy. C'est un site de campagne avec les avantages que donne la proximité d'une petite ville. Par les temps clairs, on y jouit d'une vue magnifique. Les tours qui encadrent le corps du bâtiment, le pigeonnier, placé au bout du parc et qu'on prendrait pour un poste de guetteur, donnent à cette demeure un cachet original, qui s'achèvera quand elle aura pris la patine du temps.

L'aîné des fils était prêtre, le second se devait à lui-même et à la famille de chercher à fonder un foyer. Ami de la campagne, terrien comme son grand-père Meilheurat et surtout comme Jean Mérand son arrière-grand-père, il s'adressa, pour trouver la compagne de sa vie, au cœur même du Brionnais. A Brian, antique pays de bonnes terres à froment et de meilleurs prés d'embouche, qui prétendit parfois enlever à Semur sa petite gloire d'avoir été la capitale de la région, vivait, au hameau du Chétal, l'excellente et très honorable famille Vernay. Ses amples et solides possessions, de longue date, rendaient facile à ses membres leur attachement à la terre.

M. Vernay était le type de ces agriculteurs intelligents qui, tout en restant fidèles aux méthodes de la tradition, savent, quand il faut, utiliser les découvertes de la science.

Il mettait son orgueil à faire visiter ses savantes installations de drainage et d'irrigation qui avaient triplé la valeur de sa propriété de Chétal. Placé à l'entrée du bourg de Brian, à main gauche, on y jouit d'une vue merveilleuse sur la colline de Sainte-Foy et le château de Launay, et surtout sur le vallon circulaire, petit Gavarnie de verdure, qu'arrose, au pied de la vieille église, le ruisseau de la Belaine en faisant tourner un de nos derniers moulins.

Mais pour M. Vernay, Chétal et Brian étaient, avant tout, le pays des beaux bœufs. C'était plaisir de l'entendre et de le voir, lorsqu'il faisait admirer les meilleurs spécimens de ce magnifique bétail et qu'il indiquait comment, à la vue et au toucher, on se rend compte de leurs aptitudes à l'engraissement. Grave et sérieux d'ordinaire, comme chez tous ceux, qui, jeunes, ont connu la tristesse des choses, ou que préoccupe le souci des récoltes chanceuses, son regard, perdu dans la méditation, s'animait et se fixait dès qu'on lui parlait d'élevage et de culture.

Ses sourcils arqués et touffus donnaient à sa physionomie un air de raideur, voile transparent qui recouvrait une grande bonté et une inlassable patience. Et, par surcroît, d'une intelligence naturellement ouverte et affinée par quelques années d'études classiques. il aimait la lecture des livres sérieux, des œuvres d'histoire en particulier. Mais, avant tout, très prudent en affaires, ennemi des spéculations hasardeuses, il travaillait à arrondir et à améliorer son domaine.

Toutes ces qualités, les meilleures de la bonne région brionnaise, étaient très heureusement secondées et complétées par celles de son excellente femme, Élisabeth, parfaite ménagère, ennemie-née du désordre, de la malpropreté, de la fainéantise.

Le mariage de leur fille Marie avec Léon-Alexandre Mérand fut célébré le 27 novembre 1906. Les jeunes époux se fixèrent aux Grands-Crays avec notre mère. Et, les années suivantes, ce fut pour elle une bien vive consolation que de voir la famille se continuer et s'étendre en une belle couronne de petits-enfants. Quatre vinrent au monde avant sa mort. Son préféré resta l'aîné, son « petit Jean », jeune espiègle fait pour

4

réjouir le cœur d'une grand'mère et abuser de temps à autre de sa bonté. Souvent, dans la journée, on entendait son pas grave et fatigué résonner dans le grand escalier : elle allait découvrir, dans quelque coin ignoré, une friandise pour ses petits-enfants.

La fermeture des écoles libres de Semur, l'expulsion du petit séminaire, où son aîné était professeur, furent pour son cœur de chrétienne et de française un véritable deuil. Mais elle était de ces âmes fortes qui préfèrent, à des pleurs versés sur des ruines, la création d'œuvres nouvelles et elle fut des premières à saluer l'ouverture, à Paray-le-Monial, de l'École Saint-Hugues, continuatrice de notre Semur aimé. Puisse la paix intérieure, revenue après les tristes années de la grande guerre, nous rendre cette maison où restera toujours un morceau de notre cœur !

Sa surdité, qui n'était gênante pour elle qu'avec les étrangers, lui faisait aimer les promenades dans les pays riches pour elle en souvenirs. C'était Marcigny où elle avait passé plusieurs années de sa jeunesse. C'était Chuin avec la vieille maison de famille. C'était, à quelque distance, le chalet de l'Étang, avec l'accueil toujours sympathique de ses neveux, au milieu d'un site merveilleux de fraîcheur et de verdure. C'était Dun et sa nouvelle chapelle, où notre bon poney « Soliman » parvint souvent à nous conduire. C'était Chamron, récente propriété de la famille. Il y avait quelque chose de mystérieux et de triste dans ces promenades à la ferme en traversant la grande avenue, actuellement méconnaissable et désolée, par où passa, au XVIIIᵉ siècle, une société si spirituelle mais si corrompue : Chamron avec le souvenir de Mᵐᵉ du Deffand qui y recevait souvent Voltaire. Que de fois ils durent s'abriter sous l'ombrage de l'énorme marronnier, qui, seul avec quelques pierres armoriales, survit de toutes ces splendeurs ! Que de fois ils durent aller sur la terrasse dominant la rivière et laissant entrevoir dans le lointain la vallée qui conduit à Charlieu, la ville monacale par excellence ! Du château de Chamron, dont on peut dire qu'il ne reste pas pierre sur pierre, tout est mystérieux, jusqu'à ce trésor enfoui, à la veille de la Révolution, par une des plus riches familles foncières de France au XVIIIe siècle, ce trésor toujours caché et jamais retrouvé. Que de splendeurs ! Quelle immense étendue que cette propriété de Chamron ! On aime à relire le terrier qui, au XVIIIe siècle, décrivait tous ces domaines :

« C'est la grosse du Terrier du Comté de Chamron, l'Étang, Villerest et dépendances, appartenant à haut et puissant seigneur messire Gaspard de Vichy, chevalier, comte de Chamron, l'Étang, Villerest, Saint-Julien-de-Cray, Ligny, Jonzy, les Varennes, partie de Saint-Bonnet, Chevenizet-en-Charollois, Arfeuilles, Pancemont et autres lieux, lequel Terrier a été renouvellé par moy Claude-Philibert Godin [1], notaire royal, commissaire en droits seigneuriaux résidant audit Chevenizet.

« Louis, par la grâce de Dieu Roy, roy de France et de Navarre, à tous présents et advenir salut..., ayant mis en considération les bons et louables services que les ancestres de notre cher et bien amé Gaspard de Vichy, seigneur de Chamron, ont de temps immémorial rendu à nos dits prédécesseurs, tant en guerre qu'en plusieurs nobles emplois et charges qu'ils ont eues et où ils ont toujours fait paraître leur fidélité et affection au bien de cet estat, l'un d'eux ayant suivy le roi saint Louis au voyage de la Terre-Sainte, qui lui donna pour récompense de ses services la terre et seigneurie de Ligny, Philibert de Vichy, son trisayeul, ayant été grand écuyer, Carados de Vichy, son bisayeul, ayant été eslu de la noblesse de Bourgogne durant trente années, et aussi ceux que ledit

---

[1] « La réception de M. C Ph Godin, assisté de son avocat, Jean-Baptiste Bouthier de Rochefort, a été faite par Claude Delamothe, conseiller du roy, lieutenant général au bailliage de Semur-en-Brionnais, ce jour d'huy 23 novembre 1730. »

Gaspard de Vichy a rendu au feu roy notre trés honoré seigneur et père et à nous depuis 25 ans, tant en commandant nos aimées que dans la charge qu'il a encore à présent de notre lieutenant dans la ville et citadelle du Pont-Saint-Esprit, sachant que la terre et seigneurie de Chamron size en Mâconnais, appartenante au dit sieur Gaspard de Vichy, est de belle et grande étendue et de notable revenu avec toute justice haute, moyenne et basse, relevant mesmement de nous et de notre Couronne à cause de notre duché de Bourgogne, de laquelle dépendent plusieurs villages et paroisses, même une ancienne Baronnie située au pays du Lyonnois appelée la baronnie de Bochevenoux (actuellement la Brosse) et les terres et seigneuries de Ligny, Tréval, Claingi, la Brosse, les Brosses de la Forest, qui lui appartiennent, dans lesquels il a des officiers qui y rendent la justice et, partant, suffisante pour porter l'état et dignité de comte Pour ces causes et autres bonnes considérations à ce nous mouvant, avons de l'avis de la Reyne Régente, notre très honorée dame et mère et de notre grâce spécialle, pleine puissance et autorité Royalle, créé, eslevé, décoré et érigé, créons, eslevons, décorons et érigeons par ces présentes signées de notre main. en nom, titre, dignité et prééminence de Comté, pour en jouir et user par le dit sieur de Chamron, ses hoirs, successeurs et ayant cause pleinement, paisiblement et perpétuellement.

« Donné à Paris au mois de décembre l'an de grâce mil six cent quarante quatre et de notre règne le deux... signé Louis. »

Vient ensuite la description du château de Chamron : « Le château et maison forte dudit comté de Chamron en la paroisse de Ligny, ressort du Mâconnais, consistant en une grosse tour quariée, flanquée par deux gros pavillons et mansaides, les offices, caves, cuisines, un pont-levis pour entrer aux appartements, une chapelle sous le vocable de saint Claude, deux grandes terrasses, l'une du costé de bize et l'autre en midy, plusieurs allées de charmilles, faites en parterre, avec une allée du costé de midy, au bout de laquelle est une vollière, la basse-cour dudit château du costé de matin, fermée de murailles, avec deux portails, l'un pour aller à Chailieu, et l'autre pour se rendre à Ligny; dans laquelle basse-cour est un colombier en pied avec une halle, escuries, chambres de domestique, granges, estables, treuil, pressoir, forge, ménageries en plusieurs corps de bastiments, une serve pour abreuver les chevaux, au joignant des dites escuries et un grand jardin clos et fermé de murailles, un grand pré d'embouche du costé de matin, appellé le grand pié de Chamron, de la contenue de 100 chars de foin, un autre du costé de midy appelé le pré du Poullalier, de la contenue de 30 chars de foin, dans lesquels piés passe un ruisseau appellé le ruisseau de Berry tombant dans la rivière du Supléon, lequel fait limitte et séparation des ressorts de Bourgogne et Lionnois; champ de terre appellé la Garenne, dans laquelle du costé de midy est une fontaine et lavoir couvert de thuilles, verger en dessus du costé du soir, grand place où sont deux belles et grandes avenues du costé de bize, au bout de laquelle est une ancienne chapelle estant sous le vocable de Notre-Dame et une glacière, le tout joint et contigu. »

Puis vient la description de notre domaine de la Grande-Grange :

« Le domaine de la Grande-Grange dudit seigneur... un maix et tènement consistant en maison, chambres, celliers, granges, estables en plusieurs corps de bastiments sur lesquels sont les girouettes, cour, aysances, jardins, chènevières, prés, pâquiers, terres et brosses en plusieurs parcelles, jouxte, située au finage de Chamron, de la paroisse de Ligny appellée le domaine de la Grange-du-Château, le pré de la maison, les petit et grand Rompay, les Verchères et terres de la maison, contenant en pré 4 chars et en terres, pâquiers et brosses, 45 bichettées ou environ, jouxte le chemin tendant de Ligny au château de Chamron, en forme d'avenue, de matin; autre chemin tendant du château de Chamron à Saint-Christophe, suivant la grande allée et avenue dudit seigneur tout du long, de midi ; l'estang dudit seigneur et autre chemin tendant de Saint-Jullien-de-Cray à Saint-Rigaud, aussi de soir et de bize. »

Les propriétés du seigneur de Chamron et les redevances qui lui sont dues par un nombre considérable de familles de tout le pays environnant terminent le terrier dont ils constituent la plus grande partie. Nous y lisons les noms de toutes les familles connues du pays du Brionnais qui reconnaissent les droits du seigneur de Vichy :

« Les Dupuis des Falcons de Marcigny ;

« Claude Chapuis, seigneur de la Goutte, ancien officier au régiment d'Auvergne ;

« Hugues-François Verchère de Reffy, avocat au parlement, de Marcigny ;

« Jean de Cray, escuyer, chevalier de Saint-Louis, ancien capitaine au régiment d'Anjou ;

« Jean-Baptiste Bouthier de Rochefort, de Semur ;

« Claude Desmolins, escuyer, seigneur de la Garde, de la Vallée ;

« Philibert de la Garde, de Saint-Martin-du-Lac ;

« Dame Anne-Thérèze Dufournel, relicte de M. Claude de Lamotte, conseiller du roi, lieutenant général au bailliage de Semur-en-Brionnais ;

« Les Abbés de Saint-Rigaud ;

« Les dames religieuses de Sainte-Ursule à Charlieu ;

« Sieur Gilbert Perret ;

« Vernay Amblard de Chouin ;

« Pierre et Philibert Beauchamp de Jonzi ;

« Ravier de Sarry ;

« Noble Jean-Baptiste de Gregaine, de Launay ;

« Marc de Thenay, seigneur de Saint-Christophe ;

« Dame Diane Diserand, dame du Mollard, Montaclard, Laubépin, Sarry et autres lieux, veuve de François de Sainte-Colombe, chevalier, marquis de Laubépin ;

« Dame Marie de Beyle, relicte de Messire René de Pastural, chevalier, seigneur de Tionchy, Chérie, Vesvre à Iguerande;

« Paul-Salomon de Digoine, chevalier, seigneur du Palais de Mailly et Jonzie;

« Dame Annette-Henriette de Busseul, relicte de haut et puissant seigneur, Messire Antoine le Prestre de Vauban, lieutenant général des armées du roi, chevalier, grand croix de l'Ordre Militaire de Saint-Louis..... ».

Mme la marquise Abel de Vichy a eu l'aimable obligeance de nous écrire sur Chamron une lettre fort intéressante. Nous la reproduisons avec le plus vif plaisir, ainsi que des notes historiques de M. le comte Georges de Vichy sur les anciens possesseurs de ce fief.

« Comme je m'intéresse aux anciens documents, mon frère, M. de Quirielle, étant aussi un archéologue très fervent qui s'est occupé avec succès des antiquités bourbonnaises, je viens vous donner quelques détails sur le sujet dont vous nous parlez.

« Lorsque le marquis de Ségur, de l'Académie, le très distingué auteur d'ouvrages mettant en lumière de curieuses ou célèbres physionomies du XVIIIe siècle, écrivit une monographie de Mlle de Lespinasse, personnalité mystérieuse, qui fut élevée dans la famille d'Albon, et plus tard se réfugia à Chamron, près des de Vichy, Mme de Vichy étant une d'Albon, nous fîmes part à l'auteur d'un certain nombre de lettres. Il se renseigna aussi aux archives municipales à Roanne où M. de Vichy avait envoyé des papiers, sous condition qu'ils fussent classés. Vous devez connaître ce livre de M. de Ségur, un de ses derniers, puisque, perte regrettable, il est mort récemment. Il n'a peut-être pas été fort indulgent pour les bienfaiteurs de Mlle de Lespinasse, qu'une situation fausse, une nature exaltée, manquant du point d'appui consolant de profonds sentiments religieux, rendait, disons par charité... étrange.

« Bref, celle qui devait devenir une philosophe dans le sillage
de d'Alembert et consorts, passa plusieurs années à Chamron et
fut un peu la gouvernante des fils du marquis Gaspard de
Vichy, leur témoignant beaucoup d'affection.

« A ce propos, Chamron est dépeint une maison-forte plutôt
qu'une habitation de plaisance ; le marquis Abel de Vichy, fils
de Gaspard, écrit dans son journal : « Nous nous sommes
« entretenus, ma femme et moi, des ennuis de Chamron. Il
« préfère à la sombre tour carrée de Chamron, que flan-
« quaient deux vastes pavillons et cernée de fossés que l'on
« passait sur un pont-levis, la riante demeure qu'il s'organise
« à Montceaux-l'Étoile. En dépit de sa spirituèlle, mais aveugle
« tante, la marquise du Deffand, il n'aime pas la nature,
« sauf en dessus-de-porte. Il encadre son Trianon charol-
« lais d'un parc à l'anglaise, où jase la fraîche rivière Arconce,
« il rapporte de Chamron pour le nouveau nid ceci, cela...
« des livres. »

« Il n'empêche, qu'en 1793, le mobilier de Chamron, vendu
à Mâcon, rapporta 48.641 livres. On donna sans doute la
clef des champs aux oiseaux qu'une volière détenait près du
parterre à la française. Après les droits des hommes, les droits
des étourneaux. Hélas ! cela se ressemble, et cela finit sous la
griffe de la Terreur ou du tiercelet.

« Une antique chapelle avoisinait Chamron. Son avenue était
de charmilles ombreuses. Nous conservons la permission de
messe pour la chapelle de Chamron, signée de Michel Colbert,
par la miséricorde de Dieu, évêque de Mâcon, datée le 23 mai
1672. Des livres de Chamron nous restent des épaves, une
très fine édition de Racine, entre autres, portant l'ex-libris
aux armes écartelées Vichy-Albon, le menu-vair et le dau-
phin. La nuit n'émerge-t-il pas un fantôme noir des fossés
dans la solitude de Chamron, tandis que le spectre du lévrier
des Vichy hurle à la lune ? Qui le dira ? excepté ces lunatiques
allant en tapinois remuer le sol à l'endroit où fut le vieux

château-fort. Ils s'obstinent à croire à un coffre-fort enseveli au fond d'un souterrain, à l'ombre d'un pan de mur. Le trésor les hante et c'est déjà beaucoup que le pauvre Chamron, le revenant féodal, essaime de sa main gantée de fer des rêves d'or.

« Voilà un petit résumé de nos souvenirs de famille. Des antiques chartes remontant au moyen âge, on pourrait en trouver aux archives indiquées de Roanne; ce que nous avons gardé est bien moins ancien. »

Un écho de ces antiques chartes, un tableau généalogique succinct de la famille, nous le devons à M. le comte Georges de Vichy :

« Robeit de Vichy, 2ᵉ du nom, seigneui d'Abret (fils d'Aliénor de Cousan et de Dalmas de Vichy II du nom, co-seigneur d'Abret, de Chas et de Busset, qui porta la bannière du duc de Bourbon au siège de Verteuil contre les Anglais en 1345), épousa Margueritte, dame de Champrond, fille de feu Hugues, seigneur de Champrond, au nom de laquelle il fit foi et hommage en 1351. Il servit sous les ordres du siie d'Apchon contre les Anglais en Auvergne en 1358 et 1359.

« Gaspard de Vichy, 1ᵉʳ du nom, comte de Champrond, sʳ de Chevenizet, maréchal de camp, eut deux fois le com-mandement de la ville et citadèlle du Pont-Saint-Esprit, « la « première fois sous le seigneur d'Evennes son allié, sur lequel « ayant été surprise par les ennemis de l'État (1640), Champ-« rond la reprit par intelligence, pourquoi en fut fait gouver-« neur par Louis XIII et sa terre érigée en comté en 1644. »

« Il était fils d'Antoine de Vichy, 4ᵉ du nom, sʳ de Champ-rond, Chevenizet, etc., et de Charlotte de Simiane (1596).

« Il épousa, en 1630, Anne d'Albon de Saint-Forgeux.

« Le château de Champrond fut vendu nationalement le 2 vendémiaire an III, au district de Marcigny. L'adju-dication fut faite au profit du sieur Chevalier, natif de Mar-cigny, qui paya 106.000 livres pour le château et ses dépendances. Les meubles furent vendus à part, du 13 ventôse au 13 germinal an II, et produisirent la somme totale de 48.641 livres. »

De toute cette puissance, de tous ces honneurs, de toutes ces richesses, il ne reste que des ruines, il ne reste que le souvenir. Grande leçon à méditer !

Ces promenades variées, la vie intime de chaque jour avec sa petite famille procuraient à notre mère les joies les plus vives.

Malheureusement, l'adversité allait frapper de nouveau à sa porte. Mme Élisabeth Vernay mourut subitement, laissant sa famille dans le deuil : on était en novembre 1913. L'année suivante, éclatait la grande guerre. A Chétal, ce fut bientôt la solitude. Alors que se déroulaient les tragiques événements qui précédèrent la victoire de la Marne, les longues semaines sans nouvelles des absents causaient une angoisse indicible au père qui craignait de perdre, avec son fils Charles, le sûr continuateur de son œuvre de terrien. D'un tempérament sanguin, sujet aux congestions, le propriétaire de Chétal ne pouvait se faire à l'idée d'une longue séparation. Ses bœufs, les compagnons de sa solitude, ne suffisaient pas à détourner son attention du champ de bataille où il se représentait son fils mourant dans quelque coin isolé d'où personne ne le ferait sortir de l'oubli. Un soir, sa fille avait fait attendre sa visite plus que de coutume. Après son départ, il avait voulu revoir encore ses bœufs qui paissaient tranquilles et insouciants dans les prairies d'alentour. Il tomba terrassé par le mal qui devait l'emmener quelques heures après. Chétal restait seul, privé de ses hôtes.

Quelques mois après, ce devait être le tour des Grands-Crays. Le départ de son fils Léon avait été pour notre mère une heure bien dure. En octobre 1914, il quitta Besançon où il avait passé les deux premiers mois de la guerre pour aller combattre dans la région d'Arras, puis vers l'Yser. C'est alors

que les angoisses de la mère sur le sort de son fils furent poi-
gnantes. Après une blessure reçue en Belgique, il fut évacué
sur Pont-Audemer, puis sur Béziers, et, durant trois mois, se
trouva loin du péril. Mais bientôt il lui fallut rejoindre au
Bois-le-Prêtre, et les dangers recommencèrent jusqu'au jour où
son titre de père d'une nombreuse famille lui permit d'obtenir
un poste un peu moins exposé. Enfin, en avril 1915, la
mobilisation de son aîné laissa notre mère seule aux Grands
Crays. On voulait la décider à se retirer à Brian. Elle ne vou-
lut pas y consentir.

Tout d'abord, elle avait trouvé les Grands-Crays un peu
vastes : le grand escalier lui paraissait immense et dur à gra-
vir ; les corridors, bien larges et bien glacés par les froides
journées d'hiver, sous le souffle des vents du Nord ; les arbres
lui semblaient bien longs à donner leur ombrage. Mais
quand, en 1915, ses deux fils mobilisés, il fut question de
quitter cette demeure trop grande pour elle seule, elle pré-
féra y rester. C'est qu'elle commençait à s'y acclimater. Elle
y avait sous les yeux le résumé de sa vie. Au midi, la ligne
et le bouquet des grands chênes de la Croix du Corot lui faisaient entrevoir la maison paternelle ; derrière les hauteurs de
Jonzy se devinait l'église de Saint-Julien, où elle était allée si
souvent jeune fille ; dans le lointain, en apercevant Pierre-sur-
Haute, la reine du Forez, elle se remémorait les journées
passées auprès de sa sœur aînée, morte bien jeune... ; puis, à
l'ouest, aux derniers contreforts de la Madeleine, Jard, entrevu
tant de fois, le clocher de Saint-Martin, au pied duquel tant
d'années s'étaient écoulées au milieu de souffrances, dures
peut-être, mais, malgré tout, chères, car elles avaient été sa vie.

Elle vécut un an dans sa solitude, voyant de temps à autre
ses petits « diablotins », entrevoyant ses fils. Mais le mal qui
devait l'emmener empirait sans qu'il fût possible de l'enrayer.
Lorsqu'elle fut obligée de s'aliter, elle tint à avoir auprès
d'elle celle qui lui rappelait ses fils, et qui, depuis la mort de

son père, avait dû retourner s'occuper de Chétal. Quand le mal s'aggrava, une de ses nièces vint auprès d'elle pour l'assister à ses derniers moments. Bientôt des syncopes annoncèrent le dénouement prochain. Ses fils, appelés par télégramme, accoururent auprès d'elle. Il était temps. Deux ou trois heures après l'arrivée de son fils aîné, elle expira dans des souffrances indicibles, heureuse de terminer sa vie en imitation du Sauveur sur sa croix. C'était le 2 mai. Devant son lit de mort, puis devant son cercueil, la veillée funèbre rappelait à ses fils cette vie d'épreuves et de tristesses.

Les Grands-Crays, comme Chétal, allaient demeurer solitaires : les anciens n'étaient plus, les jeunes étaient partis à l'appel des armes. Au foyer désolé il ne demeurait que l'épouse vigilante, gardienne de sa petite famille. Grâce à l'aide d'un parent, qui voulait bien l'assister de son expérience et de son dévouement, grâce aussi aux sages conseils de sa tante et de sa cousine, Mme et Mlle Meile de Faiges, mûries, comme elle, à l'école du malheur, elle pourrait mener à bien la direction de la propriété. Mais que d'angoisses et d'heures de découragement en perspective !

Le lendemain, 4 mai, en la fête de sainte Monique, patronne et modèle des mères, l'antique collégiale de Saint-Hilaire avait revêtu ses habits de deuil. Notre chère défunte, pour ne pas être oubliée, avait tenu à être inhumée plus près de ses fils, au pied des Grands-Crays, dans ce cimetière de Semur que tant de fois elle avait considéré de ses fenêtres. Notre père reposait bien loin, là-bas, au bout de l'horizon, à Saint-Martin-d'Estreaux, le pays de sa jeunesse et de ses années heureuses ; mais il était bien seul. Elle serait plus près de nous, elle aurait sur sa tombe les fleurs qu'elle-même avait préparées et les prières que si souvent elle avait faites pour des morts chéris.

Tous les membres de la famille, qui, malgré les embarras de la guerre, avaient pu venir, étaient présents, désireux de donner à ses fils ce témoignage de sympathie. En d'autres temps, la seule tristesse eût été de cette séparation définitive en ce monde ; mais, après de si longs mois d'angoisse, une tristesse plus grande étreignait les cœurs. Pouvait-on oublier que là-bas, à la frontière, le sang français coulait à flots pour le triomphe de la vieille civilisation de nos ancêtres ? Pouvait-on oublier tant de ces pères séparés de leurs familles, celui-là, en particulier, qui, présent aux funérailles, avait vu partir ses deux fils pleins de force et d'entrain et n'en avait retrouvé qu'un seul, grièvement mutilé dans cette lutte sans merci et sans trêve. Et, pour l'avenir, plus noir encore, la pensée des horreurs de Verdun, de la Champagne, de la Somme, et de toutes les surprises que la guerre réservait encore.

Au premier rang venaient les fils et les petits-fils de la défunte. Elle les avait tous tant aimés ! Ce devait être pour elle une consolation de les voir fraternellement groupés et unis dans la même douleur, l'accompagner à sa demeure dernière. Et sur le cortège funèbre, comme les images des ancêtres, aux obsèques des vieux Romains, flottait le souvenir des grands-parents enterrés à Valence ou à Saint-Julien-de-Jonzy, de notre père endormi avec tous les siens au cimetière de Saint-Martin-d'Estreaux. Longtemps après eux, elle s'en allait la dernière. Nous devenions les aînés de la famille. C'était pour nous, comme le disait un des assistants aux obsèques, une autre vie qui commence, période nouvelle où déjà les années pèsent, et où l'œuvre capitale est de rappeler les disparus et de continuer leur tâche.

Sur cette tombe qui se fermait, pouvait-on ne pas songer à la leçon du sacrifice chrétiennement accepté ? Pour notre mère, plus que pour d'autres, l'épreuve et la douleur marquèrent toutes les étapes de l'existence. Au sens humain du mot, élevée loin des tendresses du foyer, privée si jeune de son mari, elle n'avait pas été heureuse. Le sérieux précoce de son caractère, sa constante résignation aux volontés de la

Providence lui donnèrent peut-être plus que le bonheur d'ici-bas : le privilège si rare d'être par sa prudence et sa patience un vrai modèle pour ses enfants.

Elle s'en allait, par cette belle matinée de mai, dormir son dernier sommeil. Ne nous disait-elle pas encore, quand nous regardions ces deux chérubins qui marchaient avec nous derrière son cercueil, de penser à ses exemples et de continuer, comme elle l'avait fait, les traditions de la famille ?

Mère inoubliée, c'est pour les maintenir qu'au milieu des jours de vie anormale que nous traversons, nous avons, loin de la maison,, mais toujours près de votre cœur, réuni ces souvenirs épars. Ils aideront ceux que vous auriez tant aimé à voir grandir autour de vous, à se rappeler leur enfance, à chérir leur berceau, à s'attacher de cœur aux petites patries de leurs ancêtres. Puissons-nous, tous réunis dans la vraie cité des âmes, vous retrouver, plus heureuse qu'ici-bas, à jamais notre mère !

Bourges, 2 mai 1917.

J. M.

Pendant que nous réunissions ces notes, toutes faites du meilleur de notre mémoire et des détails fournis par les amis et les anciens de la famille, notre cher frère, retenu, lui aussi, loin des Grands-Crays par le service du pays, rassemblait quelques feuilles sur nos chers parents, nos souvenirs de jeunesse et la fondation de son foyer. Nous nous ferions un reproche de ne pas les publier intégralement. Pages sœurs des nôtres, elles ne feront pas double emploi dans ce modeste travail. Sur les événements de la grande histoire, on aime à lire et à compléter l'un par l'autre les récits des divers écrivains. Même dans ce sujet tout intime il ne sera pas sans profit pour ceux qui viendront après nous de constater notre fraternel accord, réalisant une fois de plus le dire du poète :

> .   ..   ..   *facies non omnibus una,*
> *Nec diversa tamen, qualis decet esse sororum.*
>
> OVIDE.

A LA MÉMOIRE VÉNÉRÉE

DE

NOTRE CHER PÈRE
ANTOINE-PHILIBERT MÉRAND

ET DE

NOTRE CHÈRE MÈRE
MARIE-BERTHE MEILHEURAT

UNION CHRÉTIENNE.

LA VIE A SAINT-MARTIN-D'ESTREAUX.

A Providence, qui, de toute éternité, a prédestiné les mariages chrétiens, avait sans doute marqué de son sceau l'union de Berthe Meilheurat et d'Antoine-Philibert Mérand.

Où ce dernier devait naître en 1820, trente ans plus tard, vers 1850, la première devait venir. Mais il ne semblait pas à cette date que le rapprochement pût se faire. Engagé à 18 ans, Antoine Mérand se trouvait alors en pleine carrière militaire, et du séjour passager de Berthe Meilheurat à Saint-Martin-d'Estreaux, nul n'aurait tiré la conclusion de leur mariage vingt ans plus tard. Ce n'est en effet qu'en juillet 1870 que devait avoir lieu, à Saint-Julien-de-Jonzy, l'union du chef d'escadron de la garde impériale en retraite, Antoine Mérand, avec la fille de Goërick Meilheurat. C'était un mois avant la guerre de 1870, et mon père venait de donner sa démission et de prendre sa retraite. Il avait alors 50 ans et ma mère n'en avait que 24.

Et cependant leur union devait être féconde et sept enfants devaient en être le fruit. Malheureusement, le tempérament maladif de ma mère ne permit pas à tous les enfants de cette nombreuse famille de s'élever. Les trois premiers moururent en bas âge : deux filles, Marie et Agathe, et un garçon nommé Léon. Le quatrième, qui reçut au baptême le prénom de Joseph, fut entouré de tant de soins qu'alors même qu'il eût été aussi délicat que les autres, il aurait dû vivre. Sa consécration, dès sa naissance, à la sainte Vierge devait être pour lui une garantie de plus pour vivre. Une nourrice excellente, prise à la maison, devait encore fortifier son tempérament un peu faible.

Il avait près de deux ans et demi lorsque je vins moi-même au monde. Je n'eus pas, à beaucoup près, les soins vigilants de celui qui devait être mon frère aîné. Placé en nourrice où je partageais le sein avec une sœur de lait, je n'eus sans doute pas la meilleure part. Et, lorsque je sortis des Planches, nom du moulin où je venais de passer les seize premiers mois de mon existence, la sollicitude et les soins incessants de ma mère m'eurent en quelques semaines fait changer de mine; c'est du moins l'affirmation de ma mère, à défaut de la mienne.

Ce n'est pas encore à partir de ma sortie de nourrice et de ma rentrée à la maison familiale que je raconterai mes souvenirs personnels. Malgré la précocité d'intelligence, il est difficile de se souvenir des faits antérieurs à l'âge de 3 ans. Et, pour ma part, tout est confus jusqu'à l'âge de 4 ans. Détail insignifiant, et cependant très important pour moi à ce moment, je me souviens du jour où j'eus mes 4 ans. Me promenant au jardin ce jour-là en compagnie de mon père et voyant sur le sable des allées mon ombre se projeter très avantageusement, je ne pus m'empêcher d'en faire la remarque à celui-ci, qui me répondit que je devais être déjà bien grand, puisque j'avais ce jour même ma quatrième année.

C'était une vie toute familiale que nous menions à Saint-Martin-d'Estreaux. Ma mère, fatiguée, n'aimait ni à recevoir, ni à rendre des visites, et mon père s'accommodait parfaitement de ce genre de vie retirée, après l'existence si pleine et si mouvementée de la vie des camps. Engagé en effet à 18 ans, il avait conquis les uns après les autres tous ses galons. Il avait pris part aux campagnes d'Afrique et à la campagne d'Italie et il était titulaire de la médaille militaire et de la croix de chevalier de la Légion d'honneur. D'une intelligence vive,

d'une tenue impeccable, d'une franchise toute militaire et
d'un grand cœur, il s'attirait immédiatement la sympathie.
Ses études au lycée de Grenoble lui auraient permis de se
présenter à Saint-Cyr, mais l'échec d'un de ses camarades à
la promotion précédente l'empêchèrent de se porter comme
candidat. Ce que fut sa vie militaire, de 1838 à 1870, il me
serait difficile de le dire, attendu que j'étais fort jeune lorsqu'il
vint à nous quitter et qu'il ne put nous narrer tant de choses
si intéressantes sur ses campagnes, sur son avancement bril-
lant et rapide jusqu'au grade de chef d'escadron d'artillerie
légère dans la garde impériale. Malgré des protecteurs puis-
sants, qu'est-ce qui l'empêcha de continuer une carrière
qui lui promettait, avec de l'avancement, plus d'honneurs
encore, sinon l'appel d'une voix qui l'incitait à fonder une
famille et à ne pas laisser disparaître le nom de la branche des
Mérand qu'il pouvait seul continuer ? Après une sœur morte
à la fleur de l'adolescence, il ne lui restait, en effet, en dehors
de la famille Dufourg, qu'un frère plus âgé que lui de vingt
ans et sans postérité.

C'était au début de l'année 1870 qu'il quittait l'armée, et
en juillet de la même année son mariage était un fait accom-
pli. La guerre devait éclater quelques semaines plus tard.

D'un autre tempérament, d'un sang moins riche et d'une
nature moins vive, ma mère n'avait pas, à beaucoup près, la
santé, fortifiée encore par la vie des camps, de mon père. A
une enfance souffreteuse qui n'avait pas eu, chez une vieille
tante, à Saint-Martin-d'Estieaux, tous les soins voulus, avait
succédé une adolescence un peu maladive. Mais beaucoup
plus jeune et plus calme, parce qu'elle avait été à la souffrance qui apprend la résignation, malgré sa faible santé
et ses couches fréquentes, elle devait résister à toutes les
épreuves. Mon Dieu, vous avez trouvé trop lourde pour
elle la dernière, et vous l'avez enlevée pour faire disparaître
ses tourments, sa douleur continuelle. Nous aurions désiré

d'un grand désir qu'elle vît enfin la paix revenue, avec nous-mêmes, enfants et petits-enfants, formant autour de sa vieil-lesse la compagnie qui lui aurait adouci ses dernières années. Ton souvenir, ô mère, ne nous quittera jamais, et de ta bonté ainsi que des exemples de notre père, nous nous souvien-drons toujours.

Comment oublier les soins, l'affection de ceux qui nous ont donné le jour! J'aime à me rappeler ces paroles que parfois ma mère nous citait : « Jamais les enfants n'aimeront leur mère, comme leur mère les a aimés. » Elle fut toute à nous et ne vécut que pour nous. Mon père, en effet, nous quitta alors que mon frère venait de faire sa première communion et alors que je n'avais guère que neuf ans. Avant de mourir, il avait donné à ma mère le sage conseil de rejoindre, à Saint-Julien-de-Jonzy, son père et sa mère : celle-ci aurait sans doute mis à exécution ce projet sans le conseil de mon père.

De ces neuf ans passés à Saint-Martin-d'Estreaux, heureuses années d'enfance dont on ne connaît pas le prix et la tran-quillité, j'ai conservé le souvenir d'un temps paisible, avec une vie régulière de famille chrétienne, toute consacrée au devoir et à la convenance. Mon frère et moi ne sortions de la maison que pour assister à nos classes, et, si parfois nous fai-sions une promenade, c'était en compagnie de notre père qui savait nous distraire. De petits camarades venaient à la mai-son, toujours les mêmes, de bonne famille, bien élevés : c'étaient les aînés d'une famille dont les plus jeunes devaient être prêtres. Nous les avons revus depuis, et leur rencontre chaque fois a fait l'objet de notre joie et a éveillé en nous les meilleurs et les plus agréables souvenirs.

Sur les bancs de l'école, mon frère et moi tînmes un bon rang, et lorsqu'il se présenta au certificat d'études, il fut reçu le second du canton, immédiatement après un cama-rade qui se présentait pour la seconde fois. Notre père nous avait inculqué les premières notions d'écriture et de lecture, et cela facilita nos progrès par la suite. D'un esprit plus positif, plus pratique, mon frère excellait surtout dans le calcul et la physique, alors que l'orthographe, le style m'attiraient davantage. Par la suite, ces aptitudes devaient se développer, et les mathématiques, l'algèbre, la géométrie, en un mot toutes les sciences abstraites et les sciences physiques et naturelles ne devaient pas avoir de secret pour lui, alors que la littérature et les sports devaient m'occuper davantage. D'un esprit plus pondéré, d'un tempérament moins passionné, mais d'une opiniâtreté peu commune, il devait arriver à des succès que je ne connus jamais. D'autres dédommagements et d'autres satisfactions m'étaient réservés. Saint-Martin-d'Estreaux nous resta cher à tous deux, et c'est avec émotion que de temps à autre nous allons faire le pèlerinage à la maison familiale, au tombeau de notre père et à la demeure de nos anciens amis.

De notre instruction à l'école primaire et de notre éducation à la maison paternelle, nous devions conserver de bons et solides principes, et lorsqu'en 1888, nous entrions au petit séminaire de Semur, nous nous classions tout de suite dans les premiers par la science, la tenue et la sagesse. Nous avions pris tous deux, chez MM. les abbés Valla et Gagnaire, successivement vicaires de Saint-Martin-d'Estreaux, quelques notions de latin, bonne prévoyance de notre père avant sa mort. C'était le 28 juin 1888 qu'il rendait son âme à Dieu, à la suite d'un accident dont nous fûmes bien involontairement les auteurs, mon frère et moi. Nos natures opposées créaient quelques divergences entre nos manières de faire et de dire. C'est à la suite d'une discussion sur la façon de prendre une échelle pour faire la cueillette des cerises, que notre père, voulant nous accorder, la souleva brusquement pour nous la donner. Une hernie s'était formée par suite de l'effort brusque ; celle-ci, imparfaitement rentrée par un docteur inhabile, s'étranglait et amenait en quarante-huit heures l'issue fatale. Quoique nous fussions jeunes encore, la conscience de la perte que nous venions de faire fut très vive, et c'est le cœur brisé et avec d'abondantes larmes que nous nous séparâmes de lui.

LE DÉPART DE SAINT-MARTIN-D'ESTREAUX.
LE PETIT SÉMINAIRE DE SEMUR.
CHUIN.

N soir d'automne, le 8 octobre 1888, après avoir vendu une bonne partie de notre mobilier dont nous n'aurions su que faire et dit adieu à nos amis de Saint-Martin, nous arrivions, mon frère et moi, en compagnie de notre mère, à Chuin où se trouvait la demeure de nos grands-parents. Notre grand'mère, alors paralysée, ne quittait plus guère la chambre et notre grand-père, affligé de surdité depuis son adolescence, ne sortait que pour aller faire des provisions à Semur et quelques visites à ses prés les plus rapprochés. Cependant le souci de ses propriétés le tenait constamment en éveil et, à 70 ans, il dirigeait encore ses affaires d'une maîtresse main : ses fermiers s'en sont aperçus maintes fois.

Quelques jours après notre arrivée, mon frère et moi, entrions au petit séminaire de Semur, et c'est à partir de ce moment surtout que nous connûmes l'affection et le dévouement de notre mère. Malgré ses infirmités, malgré la mauvaise saison et les difficultés d'obtenir quelquefois une voiture, tous les dimanches pendant l'été et tous les quinze jours pendant l'hiver, elle venait nous voir. Et quelle joie pour nous de nous entendre appeler au parloir ! Et pour elle plus encore que pour nous, c'étaient ses meilleurs moments, sa plus chère consolation. Pour elle, quel plaisir et quelle fierté lorsque nous lui remettions la liste où notre nom figurait en tête : premier en orthographe, en thème latin ou en thème grec, en version

latine ou grecque, en histoire ou en géographie, en arithmé-
tique, chacun de nous excellait dans sa partie, à sa classe
respective. Au début, si j'eus davantage de succès que mon
frère Joseph, sa persévérance, son esprit de méthode devaient
lui assurer au bout de quelques années la supériorité à peu
près en tout et le rendre digne d'entrer dans la plus haute
carrière de ce monde, la carrière sacerdotale : il devait, en
se réservant la plus grande somme de bonheur, combler les
vœux de notre mère; ç'avait été un des derniers souhaits de
notre père.

Huit ans passés au petit séminaire furent pour mon frère
et pour moi les années les plus profitables. L'établissement,
qui admettait aussi bien ceux qui se destinaient aux carrières
du monde qu'à la carrière ecclésiastique, était alors dirigé
par un supérieur d'une haute valeur, M. l'abbé Lapalus. D'une
fermeté peut-être un peu rigoureuse, d'une intelligence éclairée et pratique, d'un jugement sûr, il devait, au bout de
vingt-cinq ans, porter à son apogée la renommée du petit
séminaire de Semur, fournir à l'Église une belle phalange de
prêtres éminents et au monde une diversité excellente
d'hommes de toutes carrières. Nos maîtres étaient choisis
parmi les plus capables des anciens élèves sortant du grand
séminaire, et leur science n'avait d'égal que leur grand cœur
de père et d'apôtre. Ils nous aimaient, et nous les aimions.
Parmi ceux qui ont laissé les meilleurs et les plus profonds
souvenirs dans ma mémoire, je citerai : M. l'abbé Vernay
qui fut mon professeur de sixième et ensuite de troisième;
M. l'abbé Brenot que j'eus à tour de rôle comme directeur à la division des petits et comme directeur à la direction des grands; M. l'abbé Guillard qui a bien voulu rester le
guide littéraire de notre maturité, comme il l'avait été de
notre jeunesse; M. le chanoine Dupard qui fut notre professeur commun de philosophie et le guide sûr de nos âmes.
Mon frère fut reçu d'emblée à ses deux baccalauréats, alors

que je ne réussis qu'à celui de rhétorique. Et si je finis par obtenir celui de philosophie, ce ne fut qu'à la suite de présentations successives dont la préparation à la maison maternelle rendait la réussite fort aléatoire.

LA VIE AU PETIT SÉMINAIRE.

ERCHÉ au bord de la colline qui surplombe à l'est la vallée de Marcigny, avec son vaste champ de récréation ombragé par les noyers centenaires et les tilleuls qui bientôt devaient l'être, avec ses nombreuses salles d'études et de classes alignées sous les cloîtres protecteurs, avec son réfectoire de grandes dimensions et ses dortoirs pouvant contenir plus de deux cents élèves, sans compter les chambres pour une vingtaine de professeurs et de nombreux domestiques, avec ses caves et ses greniers immenses, enfin, et surtout, avec sa chapelle, dont la nef surmontée de la croix, à défaut de clocher, se détachait en avancement des bâtiments, le petit séminaire de Semur paraissait être un véritable village. Et c'était bien la population d'un village qu'abritaient ces toits et ces murs bénis, où la ruche bourdonnante des élèves allait et venait, butinant aux fleurs des livres classiques, aux leçons des maîtres, le suc qui, assimilé, devait se traduire en science, miel de leur intelligence. Que d'essaims devaient passer à tour de rôle pendant plus de trois quarts de siècle au même moule de ces alvéoles et distiller en œuvres fécondes de talents insoupçonnés, les préceptes d'éminents professeurs et les principes des meilleurs auteurs classiques !

Si l'instruction était bonne, supérieure même, au petit séminaire, l'éducation ne l'était pas moins. La discipline, la morale étaient maintenues à leur plus haut degré. Et tout concourait pour faire des élèves des jeunes gens instruits, pleins de sagesse et de bonne tenue, pleins aussi de vigueur et d'adresse.

Il y avait deux divisions au petit séminaire : la division des grands et celle des petits. Pour les premiers, le lever était à cinq heures, et ils assistaient à la messe quotidienne. Pour les autres, le lever était une demi-heure plus tard, et ils n'assistaient à la messe que trois fois par semaine. La durée des heures d'études et de classes était la même pour les deux divisions. Mêmes heures de récréations dans des cours séparées, où les jeux de toutes sortes alternaient suivant les saisons : jeux de balle et de billes pendant l'hiver, et, pendant l'été, plutôt jeux de ballons et de boules, de croquets pendant les récréations de la journée, et, à la récréation du soir, partie traditionnelle de barres. C'est avec entrain et gaîté, avec un accord parfait que jouaient vainqueurs et vaincus, et l'émulation aux jeux était le pendant de l'émulation aux compositions. C'est que l'esprit chrétien, l'éducation religieuse, qui engendre la véritable fraternité, animait les moindres actes de cette vie. Futurs prêtres ou candidats aux professions libérales du monde se confiaient mutuellement leurs aspirations, leurs projets d'avenir, et l'amitié la plus fraternelle régnait dans l'établissement. Piété simple et profonde sans mysticisme, camaraderie franche et de bon goût étaient l'accompagnement de solides études et d'une grande confiance en nos maîtres.

Il ne semblait pas qu'un établissement doué d'un si beau programme pût jamais cesser d'exister, et c'est pleins d'une consternation incrédule que nous devions apprendre le 19 janvier 1907 sa fermeture subite. Ses bâtiments demeurent et attendent le retour du maître, du légitime propriétaire. Et nul ne croit que le séjour momentané des hôtes qui ont remplacé la pépinière des jeunes doive durer longtemps. Tous ceux qui ont foi aux destinées du petit séminaire espèrent que dans un avenir prochain la ruche bourdonnante de jeunes essaims renouvelés reprendra son essor et qu'une nouvelle période de prospérité et de gloire s'ouvrira pour lui.

LA VIE A CHUIN PENDANT LES VACANCES.

ENDANT les quatre premières années de notre petit séminaire, nous venions passer nos vacances dans la demeure de nos grands-parents, à Chuin. A cette époque nous n'avions que deux sorties qui correspondaient aux vacances de Pâques et aux grandes vacances : celles du jour de l'an ne devaient commencer qu'en 1896.

Le matin de la sortie, de bonne heure, nous attendions Jean Chabuet, le domestique de notre grand-père, qui devait nous conduire en voiture. Un de nos cousins germains, Lucien Nigay, finissait alors ses études au petit séminaire et tous ensemble nous allions rejoindre notre cousin Joseph et notre cousine Léonie, son frère et sa sœur, qui venaient passer avec nous leurs vacances sous les yeux bienveillants de bon papa et de bonne maman. Notre mère était là aussi qui nous attendait avec impatience, si heureuse de pouvoir jouir pendant quelques jours de notre présence. Et c'étaient avec nos grands cousins de joyeuses promenades, à travers prés, à travers bois, quand il faisait beau, d'interminables parties de cartes et de jeux variés, lorsque la pluie nous retenait à la maison. Pendant les vacances de Pâques, nous recherchions particulièrement les nids de pies pour détruire ces oiseaux nuisibles et de leurs œufs vidés nous faisions des chapelets. Notre cousin Lucien excellait à grimper sur les arbres, et les nids les plus difficiles ne pouvaient lui échapper. En traversant ainsi les prés pour chercher les nids, et comme nous étions accompagnés du fidèle Finaud, le chien de mon grand-père, le bétail nouvellement mis au pré se lançait à nos trousses en une galopade effrénée qui ne rassurait guère. Cependant avec le sang-froid de notre cousin Joseph qui, de sa canne, frappait à droite et à gauche, la poursuite ne se terminait jamais mal.

Pendant les grandes vacances, c'était la chasse, qui, à partir de septembre, nous intéressait. Battre les buissons pour faire sortir les mauviettes, était le rôle de mon frère et le mien, pendant que nos cousins descendaient un grand nombre de ces oiseaux au vol capricieux, mais à la chair si fine et si savoureuse. Au jardin, dans la terre voisine, nous allions parfois aider Jean Chabuet à ramasser les pommes de terre au moment de la récolte. Et malgré les taches presque ineffaçables que nous laissait le brou des noix, nous n'hésitions pas à faire leur cueillette, sans oublier d'en mettre quelques-unes ailleurs que dans le panier. Un de nos plaisirs favoris était d'aller le samedi en voiture jusqu'à Semur faire l'emplette des provisions de la semaine en compagnie de notre grand-père ou de Jean Chabuet. Mais c'est bien rarement que celui-là sortait. Il tenait compagnie à notre grand'mère, qui était tombée paralysée depuis 1888. Elle n'avait perdu aucune de ses facultés et s'intéressait à la bande joyeuse de ses petits-enfants, se préoccupant qu'ils ne manquassent de rien. Elle affectionnait tout particulièrement notre cousin Joseph, qui était l'aîné de sa fille préférée Léonie, morte en couches en mars 1878, à la suite de la naissance de notre cousine Léonie.

Notre grand'mère avait eu en effet trois filles. L'aînée, Léonie, et la seconde, Zélie, n'avaient que onze mois de différence et s'étaient mariées en 1866, le même jour, la première avec un féculier de Feurs, la seconde avec un ingénieur de Commentry. De la première, dix enfants devaient naître, dont trois seulement ont survécu : Joseph, Lucien et Léonie Nigay. La deuxième éleva ses cinq enfants, quatre filles et un garçon. Les deux plus jeunes filles entrèrent dans un ordre religieux, Berthe chez les sœurs Maristes, sous le nom de sœur Saint-Ildefonse, et Léonie devint sœur Missionnaire avec le nom de sœur Aloysia. Les trois plus âgés, Marie et Alexandrine et notre cousin Joseph Colin, que nous avions moins connus pendant notre enfance, devaient plus tard se rapprocher de nous. Après notre mère, qui était la troisième de ses filles, notre grand'mère eut encore un garçon qui ne vécut pas. La branche des Meilheurat de Chuin devait ainsi s'éteindre sans postérité mâle. Notre grand'mère ne survécut pas longtemps à sa paralysie et elle mourut pendant l'hiver de 1890 à 1891, à l'âge de 73 ans. Elle s'était préparée à mourir depuis longtemps, et sa fin, quoique soudaine, ne la surprit point : elle laissait à ses filles et à ses petits-enfants de sincères regrets. Notre grand-père devait lui survivre dix ans. Il devait passer seul les huit dernières années de sa vie, à la suite de la décision prise par notre mère de s'installer à Semur.

SÉJOUR DÉFINITIF A SEMUR.

A mort de notre grand'mère qui rendait Chuin plus solitaire, le désir d'avoir son « chez soi » décidèrent notre mère à louer à Semur, aux vacances de 1893, une maison dont la proximité aux portes du petit séminaire devait lui permettre de nous faire des visites plus fréquentes. Comme l'année de location ne commençait qu'à la Saint-Martin, ma mère me garda jusqu'à ce moment auprès d'elle, pendant que mon frère faisait sa rentrée normale au petit séminaire pour y accomplir sa dernière année de philosophie. Quant à moi, je ne rentrai qu'au mois de janvier 1894, après avoir aidé au déménagement et à l'installation de ma mère dans sa nouvelle demeure. Ce n'est pas sans regret que notre grand-père vit partir sa fille : car il allait rester seul dans sa demeure, au moins pendant une bonne partie de l'année.

Avec des visites plus fréquentes au petit séminaire, nous gagnions, par le séjour de notre mère à Semur, plus de soins encore et plus de gâteries. Au lieu d'une fois par semaine, c'est deux et trois fois que nous étions appelés au parloir. De plus, nos vacances passées à Semur nous procuraient de nouvelles et agréables liaisons avec nos camarades qui y habitaient aussi.

J'arrivais ainsi à mes dernières années d'études au petit séminaire. Je réussis aisément à obtenir mon baccalauréat de rhétorique. Mais mon échec à celui de philosophie fut pour moi le point de départ d'années difficiles, et quand je parvins à com-

6

pléter mon diplôme, il était trop tard pour me plier aux études spéculatives de médecine et de droit à Lille, puis à Lyon. Ce qu'il me fallait, c'était la vie au grand air, les vertes prairies et les grands bois du Brionnais. Il fut décidé que je rentrerais à Semur pour m'occuper des propriétés. Peu de temps après, nous perdions notre grand-père. Il s'éteignit tristement les derniers jours d'avril 1901, dans sa 82e année : il laissait à ses enfants et petits-enfants le modèle d'une vie simple et chrétienne ; à tous, la réalité de ses bienfaits et la réputation d'un homme avisé et économe.

Deux ans après, nous quittions notre modeste demeure, louée à Mme Bouthier de Rochefort, pour la demeure plus confortable des Grands-Crays, bâtie par nous tout en haut de Semur. Dès lors il me fallait songer à fonder un foyer pour égayer cette vaste demeure.

MON MARIAGE.

C'EST en septembre 1906 que je me présentai pour la première fois au domicile de celle qui devait être la compagne de ma vie. Je la connaissais peu, mais je la savais d'une famille chrétienne et je la jugeais bientôt simple, pleine de cœur et de dévouement.

La main de la Providence qui m'avait guidé à Chétal devait m'aplanir toutes les difficultés et me faire surmonter tous les obstacles qui semblaient s'opposer à notre union. Dès le 27 novembre de la même année, le jour même du 25ᵉ anniversaire du mariage de mon beau-père et de ma belle-mère, était bénie, en l'église de Brian, mon union avec Marie Vernay, avec celle qui devait être la compagne fidèle, aimante, dévouée de ma vie. Et les liens qui nous unissaient allaient encore se fortifier avec le temps, avec les épreuves, par la naissance de quatre enfants qui depuis leur premier jour devaient se développer et grandir sous nos yeux, avec notre vigilance incessante, les soins constants de leur mère. Que de nuits sans sommeil passées auprès des chers petits berceaux ! Que d'alarmes causées pour la moindre indisposition et parfois quelle angoisse plus profonde, lorsqu'un malaise ou une maladie plus grave nous tenaient en peine ! Et j'étais là tout près toujours, pour partager ses craintes, élever avec elle ma prière vers le Créateur et le Conservateur de ces petits êtres et, en même temps, la rassurer, lui donner espoir. J'étais là pour l'encourager, alors même que parfois mon courage faiblissait. O Cœur sacré de Jésus, vous m'avez soutenu, vous m'avez guidé et vous avez soutenu et guidé en même temps mon épouse aimée, vous avez soutenu et guidé les pas chancelants de nos chers petits, leur jeune âme à peine éveillée, et j'ai confiance que jusqu'au bout vous nous soutiendrez et vous nous guiderez tous. Et comment n'aurai-je pas confiance après l'insigne protection dont vous m'avez entouré pendant les années terribles de la grande guerre ?

LA VIE AUX GRANDS-CRAYS.

ASTEL aux trois tourelles, qui t'a planté ainsi sur la crête qui domine les carrières de Rochefort et la route de Semur à Saint-Julien, au milieu des prés, des vignes et des bois, et cependant tout près du bourg qui s'étage à tes pieds ? Abrites-tu des citadins, ou la fantaisie de quelque parvenu épris de goûts seigneuriaux, t'a-t-il monté comme un château en Espagne ? Ou bien es-tu la demeure stable, qui, sous des apparences féodales, verra vivre et mourir de longues lignées de familles sans peur et sans reproche ? Entrez dans le clos qui environne la maison et pénétrez dans l'intérieur de la demeure. Dans les larges allées s'ébattent de jeunes enfants, l'air retentit de leurs cris joyeux. La mère est tout près qui veille sur eux et les contemple avec satisfaction, avec tendresse, tout en s'employant à quelque travail de couture ou de broderie. Le père n'est pas loin, dans son potager ou auprès de ses corbeilles de fleurs, où il sarcle, arrose. Et, dans l'intérieur, grand'mère raccommode ou lit, alors que va et vient, muni de quelque outil de menuisier ou de quelque pot de peinture avec des pinceaux, un abbé revêtu d'une vieille douillette de travail. Le bruit d'un battoir au lavoir voisin et le choc du fer à repasser sur la table de la cuisine indiquent où est le personnel ; parfois, au détour d'une allée, apparaît une voiture d'enfant menée par une petite bonne au tablier blanc. C'est le castel, où l'oisiveté ne règne pas, c'est la vie de famille simple, occupée ; c'est, sous l'apparence du luxe, la sobriété.

Le petit séminaire vient d'être fermé, et la nouvelle famille s'est fondée, établie là, petite pépinière, à côté de la grande qui n'est plus. C'est encore la main de la Providence qui l'a dirigée en ces lieux et qui la conduira à sa destinée.

C'est en 1902 que sortait de terre cette nouvelle demeure, dont les murs furent élevés presque entièrement avec la pierre tirée des fondations. Bâtie sur le roc, elle devait posséder cette assise ferme des constructions que le temps ne peut faire varier. Et c'est dans la maison même et au milieu du roc qu'on devait trouver l'eau nécessaire aux besoins de la maison : un système de tuyaux, merveilleusement agencés, devait, par le moyen d'une pompe aspirante et foulante, distribuer l'eau dans les divers appartements.

A peine terminée, la maison était habitée. Et, pendant un an encore, c'était le défilé incessant sous nos yeux de zingueurs, menuisiers, plâtriers, tapissiers et peintres, qui, à tour de rôle, venaient parachever l'intérieur. Et, les années suivantes, d'autres bâtiments, d'autres dépendances venaient s'ajouter au logement principal et l'installation d'un aéromoteur devait être le clou de cette exposition, où l'originalité le disputait à l'utilité.

C'est après la construction de cette dernière œuvre que devait se produire mon union avec Marie Vernay, de Chétal, et c'est dans cette demeure que devaient naître trois de nos enfants : l'aîné, Jean, le 13 avril 1908 ; René, le second, le 16 août 1909, et Charles, le 19 juillet 1912. Un quatrième, Georges, voyait le jour en pleine guerre, le 25 janvier 1915, à Chétal. Et sa naissance me procurait, en novembre de la même année, mon retrait du front, et, au mois d'août de l'année suivante, mon passage au dépôt divisionnaire.

C'est aux Grands-Crays que pendant près de huit ans, du 27 novembre 1906 au 6 août 1914, nous devions vivre au milieu de joies et de peines partagées. Et Dieu nous récompensait en accordant à nos enfants une bonne santé et à nous-même le courage d'accomplir un devoir parfois pénible, mais en même temps la satisfaction de l'avoit rempli. Et maintenant surtout nous la goûtons, cette satisfaction, alors que, au milieu de cette terrible guerre déchaînée sur l'Europe, des mesures spéciales ont mis à l'abri les pères de quatre enfants. C'est la récompense des familles qui n'ont pas volontairement restreint le nombre de leurs enfants, c'est l'exaucement des prières de ces jeunes âmes, à qui Pie X d'abord, puis Benoît XV, ont accordé la faveur de la communion précoce. Et le sacrifice de sa vie fait avant l'heure par une mère n'a-t-il pas procuré aussi à son fils le retour plus sûr au foyer ?

LA VIE A CHÉTAL.

ITUÉE au milieu d'une des parties les plus fertiles du Charollais, dans la capitale même du Brionnais, renommée par l'herbage de ses prairies, s'élevait la maison de J.-M. Vernay, de Chétal, bien connue aux alentours par son hospitalité. C'était assurément le type de l'emboucheur le plus intelligent en même temps que le plus agréable et le plus adroit de la région. De manières distinguées, de conversation intéressante, il s'attirait de suite la sympathie. Il excellait dans l'achat et la vente du bétail, que, par goût et par métier, on embouchait, de père en fils, a Chétal, dans les meilleurs prés. Il savait diriger ses affaires, et l'organisation de sa propriété était un chef-d'œuvre parmi les propriétés voisines, si bien organisées cependant. Et son exploitation, qu'il lui tenait à cœur de maintenir au premier rang et dont il était fier, n'était pas seule un modèle. Modèle aussi était sa famille, modèle son épouse, à qui une vie toute consacrée à l'éducation de ses enfants et à l'entretien de son intérieur devait attirer l'estime de tous, en dépit de sa franchise un peu brusque, qui parfois froissait quelques susceptibilités. Modèles, ses enfants, par leurs succes dans leurs études, leur bonne tenue, leur sagesse. C'était le vrai type de la famille chrétienne, et J.-M. Vernay était assurément à tous points de vue l'homme sans peur et sans reproche.

C'est la fille aînée de ce dernier qui devait être mon épouse, et c'est dans cette demeure que, souvent après notre mariage, ensemble nous devions revenir passer d'agréables journées et nous retremper aux leçons, aux conseils du père et de la mère, à la vie familiale par excellence. Nous y retrouvions des parents, des amis, et surtout le frère à l'accueil toujours affable. La gaieté la plus franche avec la plus cordiale affection présidaient aux réunions de famille de Chétal. Et la conversation ne portait pas seulement sur l'embouche, mais sur une multitude de sujets économiques, moraux, politiques, littéraires et philosophiques, où chacun disait son mot, mais que tranchait toujours, de la façon la plus judicieuse, le maître de la maison.

Après le repas pris autour de la grande table, c'était la visite aux pâturages, où, majestueux et lourds sous le poids de la viande et de la graisse accumulées par l'herbe généreuse, se promenaient les beaux bœufs du Charollais. Achetés maigres au printemps, ils avaient pris en quelques mois les belles formes qui leur vaudraient prime au marché.

Et, pendant que, sous l'œil vigilant du maître et de son fils, s'engraissait le bétail choisi au milieu de l'interminable série des foires fatigantes du printemps, suivies à plus de cinquante lieues à la ronde, la maîtresse de maison préparait tout ce qui était nécessaire pour la nourriture et l'entretien du personnel. Auprès d'elle, simple et adroite, sa fille allait et venait, vaquant, elle aussi, aux occupations du ménage et, malgré ses aptitudes intellectuelles, s'adonnait avec joie aux travaux de la maison.

En pénétrant dans la demeure de Chétal, on n'eût point cru que tout près voisinaient les écuries. La propreté la plus méticuleuse régnait dans tous les appartements, et le bon goût et l'élégance se montraient dans le décor de ces appartements et dans le costume de la mère et de la fille. D'une franchise de manières un peu sèche, un peu cassante parfois, la maîtresse avait pour les siens une affection unique, réelle, profonde ; pour son personnel, une sollicitude empressée. Tout entière à sa tâche, et surtout à l'éducation de ses enfants, elle devait en faire des jeunes gens chrétiens, tranchant par leur tenue sur tous ceux qui les environnaient.

Je n'entrerai pas ici dans le détail de toutes les réformes heureuses faites par J.-M. Vernay dans sa propriété ; je me contenterai de constater que ses affaires furent toujours prospères, qu'il accrut la fortune que lui laissèrent ses parents par des acquisitions de terrains dont le voisinage allait à sa convenance et à son utilité. Il avait compris le grand rôle que joue l'eau dans une exploitation agricole, et par des biefs savamment distribués emmenait celle-ci dans les parties qui en avaient besoin. Par des drainages bien compris dans les parties marécageuses qui en regorgeaient, il sut faire rendre à ses prés le maximum d'herbage. Et cette question des eaux fut jusqu'au bout de sa vie sa préoccupation constante. La maison de Chétal possédait un beau lavoir couvert, alimenté par une source qui ne tarissait jamais. En utilisant l'eau de cette source et en l'ajoutant à d'autres qu'il capta et réunit à cette dernière, il en obtint une quantité suffisante dont la chute actionna un bélier. Et par le bélier et des tuyaux, l'eau arriva jusqu'à la cuve qui la répartit à la maison et aux abreuvoirs. Ce fut sa dernière œuvre.

J.-M. Vernay et son épouse, Élisabeth Vernay, moururent brusquement, encore à la force de l'âge, le premier, à la suite d'une seconde attaque survenue au début de la terrible guerre de 1914, et la seconde, dès 1913, d'une maladie de cœur. La mort les a trouvés prêts tous les deux, et ils forment là-haut une fleur de la couronne des familles chrétiennes, qui ont voulu, dans l'accomplissement de leurs devoirs d'état, la gloire de Dieu. Leurs enfants suivront leurs exemples et se souviendront d'eux toujours. Ils ont laissé parmi tous l'estime et les regrets. Que Dieu, fidèlement servi sous leur toit hospitalier, leur fasse miséricorde !

A CHÉTAL PENDANT LA GUERRE.

Ès la mort de son père, ma femme devait aller remplacer à la maison de Chétal, son frère parti depuis le début des hostilités. Et, pendant toute la durée de la guerre, elle devait assumer la responsabilité de la direction de l'embouche et des affaires domestiques. Elle ne délaissait pas cependant ma mère, restée seule à Semur avec une jeune domestique. Pour la direction de l'embouche, elle devait être puissamment aidée par un homme dont les capacités n'avaient d'égal que la plus scrupuleuse loyauté et le plus parfait désintéressement : M. Ducroux, de Saint-Didier, devait être l'homme providentiel, qui, en même temps qu'il tirait des prairies le maximum de rendement, donnait à ma femme les encouragements et les bons conseils pour la conservation et la direction de la maison. Entourée, du reste, de domestiques dévoués, sa tâche devait être considérablement facilitée, et les longs mois de cette terrible guerre devaient passer plus rapidement au milieu de ces occupations absorbantes. Elle devait aussi profiter des encouragements, de l'expérience et des sages conseils de sa tante et de sa cousine, Mme et Mlle Merle, de Farges, formées, comme elle, par la mort prématurée du chef de la famille, à la direction de leur magnifique propriété. Elle retrouvait enfin, à Brian, des amies d'enfance, dont les fréquentes visites devaient rendre moins pénible une vie attristée par l'absence de ceux qu'elle aimait le plus. De fréquents déplacements, nécessités par les besoins de la maison et le commerce de l'embouche,

de multiples voyages à Semur, aux Grands-Crays, où elle
venait revivre, auprès de notre mère, sa mère à elle depuis le
départ des siens, avec le souvenir et les choses familières du
bonheur vécu, furent autant de distractions à sa vie de Chétal et devaient lui permettre d'attendre, avec plus de patience,
mais cependant avec un non moins profond désir, le terme
d'une si longue épreuve. Le souci d'élever quatre garçons,
pour qui une surveillance et des soins constants étaient néces-
saires, ne fut pas une de ses moindres occupations. L'âge
qu'atteignaient les deux aînés commençait à les rendre turbu-
lents, et la fréquentation de petits camarades d'école plus ou
moins bien élevés rendait plus difficile sa tâche. Une autre
consolation lui fut procurée par la correspondance qu'elle
entretenait quotidiennement avec ses chers absents, son frère
et son mari. Les lettres envoyées se croisaient avec les lettres
reçues, et cet échange de nouvelles entretenait, au fond de
nos cœurs, cette affection sincère, profonde, ardente, qui
devait se manifester par des sentiments plus délicats, par une
vie plus intime, par une union plus parfaite.

LA VIE DE NOTRE MÈRE A SEMUR
PENDANT LA GUERRE,
SES DERNIERS MOMENTS, SON SOUVENIR.

NOTRE mère, entourée de ses enfants et de ses petits-enfants, avait vécu avec eux depuis leur naissance, ne s'était sépaıée de nous que pendant nos années d'études au petit séminaııe ; elle nous avait vus gıandir, nous avait donné tous les soins les plus tendres et, ce qui attache davan-tage, donné son cœur entieı. Elle nous avait consacré tous ses instants, en dehors de la maladie et des infirmités, des souffrances trop vives; en un mot, elle n'avait vécu que pour nous, sa consolation, sa raison d'être. Imaginez-vous cette mère, privée brusquement de tous ces êtres chers et restant seule dans le silence glacial d'une grande maison. Oh! quel froid au cœur a dû la saisir, au point que la vie pour elle n'était plus possible ! Et cependant elle a vécu encore deux longues années dans l'attente, dans l'espoir qu'un jour pro-chain ils reviendıaient, les grands surtout, et les petits en même temps, et qu'elle pourrait goûter encoıe la joie de les voir tous réunis autour d'elle. Ce qui t'a soutenue aussi, mère, c'est la visite de tes chers petits-enfants que leur mère, qui connaissait tes désirs, t'amenait aussi souvent que lui permettaient ses nombreuses occupations à Chétal : c'est, une fois chaque année de cette terrible guerre, la visite de leuı père, de leur oncle abbé, mobilisé lui aussi à Bourges.

Mais la guerre a trop duré, l'épreuve a été au-dessus de tes forces et il t'a fallu abandonner l'espoir de vivre heureuse avec la paix revenue. Mais non, tu ne l'as pas perdu, cet espoir, et jusqu'au bout tu as cru que reviendraient pour toi les jours bénis du retour au foyer de tous ceux que tu aimais et qui t'aimaient. Et, à tes derniers moments, le Sacré Cœur t'a accordé l'insigne faveur, au milieu de cette guerre, de les avoir réunis autour de toi, tous, enfants et petits-enfants. Tu es morte dans leurs bras, entourée des soins de celle qui fut vraiment alors une fille pour toi, environnée du sourire des tout petits, qui ne comprenaient pas encore, et de l'air grave des plus grands, qui sentaient qu'ils allaient perdre leur bonne grand'mère.

Les souffrances physiques d'une terrible maladie se sont jointes, pendant les derniers mois de ton existence, aux souffrances morales, et tu as tout accepté sans murmure. Mais hier est passé, et de ce que tu as enduré hier, il ne reste plus la souffrance, il ne reste que le mérite de l'avoir supportée avec patience et de l'avoir offerte à Dieu. Et tes enfants conserveront, gravé au plus profond de leur cœur, le souvenir de ta bonté, de ta sollicitude incessante et de ton immense amour maternel.

Le 2 mai 1917

L. MÉRAND.

MACON, PROTAT FRÈRES, IMPRIMEURS.